AF438826

Sentimental

Justo Cesar Brambila Razo

EDIQUID

SENTIMENTAL
© Justo Cesar Brambila Razo

Editado por: Corporación Ígneo, S.A.C.
para su sello editorial Ediquid
José Olaya 169, Ofic. 504, Miraflores. Lima, Perú
Primera edición, noviembre, 2024

ISBN: 978-612-5184-02-3
Tiraje: 50 ejemplares

Hecho el Depósito Legal en la Biblioteca Nacional del Perú N° 2024-11455
Se terminó de imprimir en noviembre de 2024 en:
ALEPH IMPRESIONES SRL
Jr. Risso Nro. 580 Lince, Lima

www.grupoigneo.com
Correo electrónico: contacto@grupoigneo.com | Teléfono: +51 955 071 270
Facebook: Grupo Ígneo | X: @editorialigneo | Instagram: @grupoigneo

Reservados todos los derechos. El contenido de esta obra está protegido por leyes de ámbito nacional e internacional, que establecen penas de prisión o multas, además de las correspondientes indemnizaciones por daños y perjuicios, para quienes reprodujeren, plagiaren, distribuyeren o comunicaren públicamente, en todo o en parte, una obra literaria, artística o científica, o su transformación, interpretación o ejecución artística fijada en cualquier tipo de soporte o comunicada a través de cualquier medio, sin la preceptiva autorización.

Colección: Nuevas Voces

Contenido

Doña Señora

En tiempos de la Revolución Mexicana, nadie como ella: mujer, en la época de hombres valientes y machistas por destajo, surgía como un personaje sin igual, más valiente que cualquiera y no cualquiera como ella. Dicen que mató más varones que con los que tuvo sus quereres y eso ya es mucho decir. No le fabricaron ideales patrióticos a su imagen, ni siquiera el más mínimo sentido de altruismo o pizca de bondad. De sus grandes aventuras, temerarias hazañas y también buenas acciones, no hubo personaje ilustre que las trajera a nuestros días, su leyenda se relegó.

—Quisiera pensar que aún no aprende a cavar quien será mi sepulturero, porque sin mí, esta nación perdería su hembra más cabrona —dijo una voz ronca de mujer.

—Usted siempre diciendo esas cosas, Doña Señora —le contestó la enfermera.

—¡Échale coco, mijita!, porque, aunque me veas así de maciza, he vivido en tres siglos y no los aparento. Fíjate bien, si nací en las últimas horas del siglo XVIII, viví todo el siglo XIX y estoy iniciando el siglo XX aquí contigo. Dime tú, ¿cuántos años crees que tengo?

—Contándole… ¡Uyyy, Doña Señora! ¡Como cien años! Por eso debe alimentarse bien y tomarse todas sus medicinas. Ahora vuelvo con su sopa, que ya se le enfrió, nomás por andar de *hablichi*[1] —le contestó su cuidadora vestida de blanco.

Es imposible imaginar una señora, quiero decir, una Doña Señora, como ella en estos tiempos. Aunque por mucho fue adelantada a su época, simplemente, una pistolera así, en el mundo

---

1   Mexicanismo referido para una persona mentirosa. Nota del editor.

actual no tendría cabida, no encontraría su lugar y parece que el mundo ya se lo está haciendo saber.

—¡Mijita! ¡A chingar tu madre con la sopa! ¡Ya te dije que yo solo quiero mi sotol! —le gritó Doña Señora.

¡Vaya que era de armas tomar Doña Señora!, y por lo visto, lo sigue siendo. Nadie como ella: cabalgando siempre una yegua o a su macho de ocasión. Lástima por ella, que ahora, postrada en una cama, de eso solo le queden recuerdos, pero ya es bien sabido que el tiempo no deja de andar.

Volteó a verla su enfermera. Aún no salía de la habitación, regañada como de costumbre.

—De eso que a usted le gusta tomar ya no venden por aquí, y si lo vendieran no podría traérselo, Doña Señora —le contestó amablemente.

Si hubiere que describir a Doña Señora preferiría hablar de la mujer de hace setenta años, aunque no la haya conocido. Es difícil precisar si era bonita, pero las cartas que aún conserva debajo de su cama hacen suponer que sí; o al menos, tenía lo suyo: de estatura media, piel morena; luego, luego se veía que corría sangre azteca por sus venas; de ojos grandes, color oscuro, el cabello debió tenerlo negro y... yo creo que estaba muy bustona, porque sus enamorados, jugando al poeta, decían: «En tus veredas me quiero perder». Yo, la verdad, no creo que haya sido una terrateniente Doña Señora.

De la cintura hacia abajo... es ya ahondar mucho en el tema, porque según Poncio «El Chiclayo», como él mismo firmaba sus cartas, decía que no le importaba caer prisionero y perderse en la cárcel de sus piernas, aunque allí mismo se le detuviera su palpitar... así que ustedes me dirán. Lo que sí, es que ¡vaya juntas tenía Doña Señora! Quizás éstas la hicieron así, o tal vez ya lo era; a lo mejor así nació, y solamente esta tierra fue testigo fiel de tan inconmensurables vivencias.

En lo que no me equivoco es que definitivamente el cartel que ella tanto atesoraba, donde se leía la cuantiosa recompensa que se daba por su captura, más bien, por su cabeza, no le hacía justicia a la pobrecita, o tal vez la de ese retrato dibujado no era su vivo retrato. La mostraba como decían que era ella: una mujer que al verla daba miedo. Si entraba a una cantina, cobrarle era esperar una bala, y verla a los ojos solo significaba una cosa: piso o petate, es decir, ataúd o cama. Así de intensa era Doña Señora.

Supongo también que hace setenta años Doña Señora tenía aún sus dos piernas. Sí…, yo creo que sí, porque cuando llegó a este lugar traía entre sus pertenencias la talega y el bule amarrados con una agujeta a un par de botas gastadas a la par, así que lo de la pierna debió ocurrirle recientemente.

—¡Muy bien, chavalillo! ¡Tú sí sabes cómo tratar a una mujer! Pero… ¡apúrate, destapa ese venenito porque no tarda en venir la enfermera!

Ese soy yo, el chavalillo. Limpio todos los vidrios en esta casa de asistencia, en un pueblo abandonado por Dios, excepto por este nosocomio que está muy decentito. Es así que mi vida transcurre sin aspavientos, y me permito hacer una pausa en mi relato, porque cuando le doy un traguito de mezcal a Doña Señora, debo hacerlo con todo cuidado. Ustedes se preguntan, ¿por qué? Sencillo, porque así me cuenta una historia diferente, y la verdad, lo más interesante en mi vida ocurre cuando recreo en mi mente sus aventuras. Creo que algún día escribiré un cuento de Doña Señora.

—¿Saben por qué me dicen Doña Señora? —habló Doña Señora con ese tono de voz arrojado tan suyo. Dirigí mi vista a la puerta, ya había llegado la enfermera, no vi si alcanzó a observar que le compartí de mi botellita de mezcal a Doña Señora. Ella, a su edad, pareció que la sintió llegar primero que yo, y de ahí que su trago lo apresuró en demasía, pero nadie me dijo nada, así que ni me inmuté.

—Déjenme les cuento —nos dijo Doña Señora a la enfermera y a mí.

—Pues verán. Tenía como veinte años, así más o menos como ustedes, y pues a mí nunca me gustó eso de recoger el mugrero de otros: hacer tortillas, ni lavar los harapos de los hombres de la casa y aguantar chingadazos de ellos. ¡Ah no! ¡Eso sí que no! Si mis hermanos le metían unas cuerizas a sus mujeres tal y como lo hacía mi padre a mi madrecita, pues yo no quería eso para mí, así que yo sí puse las cartas sobre la mesa.

—Y ya déjame tu botellita aquí en mi buró, mijito, que no quiero que se me vaya a cerrar la garganta, así como nunca le he dicho a nadie que te coges a la enfermera mientras piensan que estoy dormida, tampoco diré lo del mezcalito —me dijo Doña Señora.

No supe qué decir, ni Minerva, la enfermera. Doña Señora se inclinó un poco de la cama mientras yo y Minerva nos sentamos junto a ella en un sofá cama, que al parecer no había sido el único testigo de nuestro desenfreno, y Doña Señora tomó la palabra.

—Ay, mijitos, si el diablo sabe más por viejo que por diablo, y el diablo es una vieja cabrona como yo. Pa' que se lo vayan sabiendo: ¡Yo la vi! ¡A mí nadie me cuenta! Nada más que a los pinches hombres cerrados les cala en los huevos que sea vieja, pero son mentiras, si no, un día fíjense cómo la pintan y verán que no es hombre. Pero ahí ustedes si me quieren creer.

—¿En qué me quedé? ¡Ah sí! ¡Ya me acordé! Bueno, antes que cualquier cosa, les aclaro que yo no soy de estos lares tan al norte. Yo soy de los Guanajuatos, y la verdad es que mi mayor avería ocurrió hace tanto y me dolió tanto que nunca lo había contado.

—¿Pues qué pasó, Doña Señora? —preguntó Minerva, ya sin el sonrojo de minutos antes.

—Ay, mijita, nada más te pido que no me juzgues porque también hice muchas cosas buenas. De esas cosas que casi nadie hace y menos por desconocidos. De eso te podrá dar cuenta Memito, un día que usen su boquita para hablar y no solo para ya saben qué. Déjenme continuar. Pues les platico que un día llegó mi padre y mis hermanos mayores de las tierras de Don Andrés, que estaban rumbo al pueblo de las siete luminarias. Habían trabajado durante toda una semana de sol a sol desquelitando las tierras, a pura mano limpia, sin más ni más; estaban cansados y derrotados. No les habían pagado ni un méndigo centavo, y solo les habían ofrecido un piadoso cantarito con agua para toda la cuadrilla antes de marcharse. Los Gálvez los habían llenado de golpes y humillaciones, sobre todo Don Andrés. Mi madre, abnegada y sin espíritu combativo, le dijo a mi padre que eso no le hubiera pasado en las tierras del Señor Alfredo, y lo único que se sacó fue una bofetada de mi padre, por dar una opinión sin permiso.

Fue la primera vez que me empezó a hervir la sangre, y no por caliente. Eso lo experimenté hasta después, sino como endemoniada, de coraje, pa' que me entiendan. Tampoco crean que fue por la cachetada, esas hasta parecía que le gustaban a la señora, sino porque se aprovecharon de mi familia y eso no lo iba a permitir.

—¿Y qué hizo, Doña Señora? —le pregunté, dándole un sorbo a mi botellita de mezcal, que ahora ya era de ella, al igual que el uso de la voz.

—Pues, ¿qué iba hacer, mi rey? Portarme como toda una Doña Señora. Me monté al caballo que teníamos amarrado al árbol de guayabas, flaco y desalineado, pero bien correoso el condenado, ese me lo mataron meses después, pero ese es otro cantar, y que me voy a la finca de Don Andrés. Todavía recuerdo escuchar a mi madre: «¡Va como alma que lleva el diablo!». Mi madre era como ustedes: no sabía que el diablo era mujer.

—Doña Señora, ¿qué está haciendo? —exclamó Minerva, sentada junto a mí, ya tomada de mi mano. Total, ya no había amorío que ocultar.

—Quitarle el filtro a este chingado cigarro para darle unas fumadas. Lo tengo desde hace dos años y días, cuando se lo robé a uno de los entacuchados que me trajo aquí. El pendejo ni cuenta se dio.

Esos entacuchados a los que se refería Doña Señora eran los mismos que venían a traer la marmaja cada dos meses. Puntuales llegaban a la gerencia y después pasaban con Doña Señora, siempre cerrando la puerta y hablándole de una forma muy golpeada, al menos así me parecía, porque no alcanzaba a escuchar detrás de la ventana, donde me ponía de vez en vez a querer espiar. Ahora que me pongo a reflexionar, era algo sospechosa esa situación, porque Doña Señora nunca nos quería hablar de ellos; solo decía que su familia no era y que ojalá un día ya no vinieran.

Me puse a recordar el coraje que me daba al ver cómo la trataban esos hombres; no había que esforzarse mucho para darse cuenta de que le querían quebrantar su espíritu y su dignidad. Varias veces vi que le enseñaban fotos y otras tantas cosas, al tiempo que le gritoneaban y casi me la abofeteaban, pero eso sí, mi Doña Señora siempre se aguantaba como las machas: no se doblegaba y nunca les hablaba para otra cosa que no fuera para recordarles a su progenitora. Así era mi viejita.

—Mijito, ponme vista y oído que lo que les estoy contando no es poca cosa —me dijo Doña Señora al notar que me alejaba de allí, aunque siguiera sentado cerca de la botellita de Doña Señora que parecía se terminaría de un trago más—. ¿Dónde iba? ¡Ya sé! Ustedes han de dispensar. Ya no me volverá a pasar. Pues les cuento que llegué con el mismísimo Don Andrés Gálvez a encararlo. No llegué hasta su hacienda; no hubo necesidad, me lo encontré de camino y ¿pues qué iba a pasar? Que me mandó al carajo con todo y un jalón de cabellos, y hasta el piso fui a dar. Sacó su arma que traía fajada en el cinturón y me apuntó a mi cholla, ya maltratada por la caída.

—Te diré algo, escuincla del demonio, me acabas de irrespetar y esto te va a costar; pero mirándote bien, así como toda una mujercita, tú dirás...

Se aflojó el cinturón y puso su pistola encima de un tronco capado que estaba junto a él. Allí dejó la pistola, la que dispara balas, porque la otra yo creo ni servía, y la mera verdad, pues no quise comprobarlo. El viejo nomás se me quedaba mirando, así bien libidinoso, pero pa' luego era tarde y que le madrugo a Don Andrés, y pues le agarré su pistolita, la que tenía sobre el tronco, y de un disparo certero en el pecho, lo mandé a dormir al sueño eterno. De ahí que aprendí dos lecciones: si se va a sacar un arma, es pa' usarse; y la segunda, que en este mundo solo había de dos sopas con el contrario: «piso o petate» o las dos, según fuera el caso.

—Si vieran lo chulo que sentí, todavía le dije al viejo que echaba las últimas patadas de moribundo, que no era ninguna escuincla, que era toda una... y que me quedo callada, porque mujercita tampoco le iba a decir, así ya me había dicho él. Así que le dije, porque soy, porque soy toda una «Doña Señora». Y ya lo sé, sé que me había ajusticiado a un hombre, que la jovencita en mí murió de alguna forma, pero eso no fue lo más desgraciado que hice aquella tarde. Sabía que después iban a ir por mí. Ya se sabía por aquellos rumbos que los Gálvez eran de armas tomar, tenían fama de no pagar o pagar con balas, pero para llevar en el cuerpo de uno, así que tuve que pensar y actuar rápido, y eso de pensar fue un decir. Cuando uno ya anda haciendo esto, ya no piensas con las neuronas, tú piensas con las entrañas, con el miedo, con la ansiedad; haces de tripas corazón y haces, pues, lo que tienes que hacer y listo.

Le noté un brillo inusual en los ojos a Doña Señora, no lo había tenido desde que estaba allí, con nosotros. Era su momento más lúcido. Ya había acabado su cigarro e intentaba ahora despojarse de una medallita, al parecer de oro, que traía colgada en su cuello, en una cadena también dorada, mientras nos seguía contando.

—Mis niños, de lo siguiente que les platicaré que hice, pues sí me arrepiento, pero ¿qué le vamos a hacer? A lo hecho, pecho. Me fui directito a la Hacienda del difunto Don Andrés. Para esto ya era oscuro, de la hora pues la verdad ni la supe. Llegando a la tierra de los Gálvez, dejé amarrado al alazán. Sultán, se llamaba.

Me fui caminando a tientas, me metí a la casa de los Gálvez. Yo sabía que tenía una esposa y dos hijos; el hijo era más como de mi edad, y la hija ya estaba más grande que yo. Ya estaban labregones, pues, y que en la casa de junto vivía su hermano menor con su esposa, un morrillo, y otra hermana de Don Andrés que nunca se casó. Pues le maté a todita su familia, uno por uno, y sin miramientos. Los que me costaron más trabajo fueron su hermano, porque el canijo se despertó, pero no alcanzó a librarla, y el morrillo nomás por ser morrillo, pero ese ni lo miré, simplemente le apunté y jalé del gatillo. A este no le tocó machetazo como a todos los demás, a él lo dejé al último, y sí, lo maté. Pero no crean que lo hice por desgraciada, o más bien sí, porque no quería a otro Gálvez en aquellos lares, ni acechando a mi familia en el futuro. Así que le tuve que dar piso, y si hubiera visto las tumbas de sus difuntos, pues igual los desenterraba y me los volvía a quebrar a todos por igual.

Nunca había disparado una pistola hasta ese día, pero el olor a pólvora sería el perfume que me acompañaría siempre. Tampoco había usado un machete para herir a una persona, pero no me fue difícil enterrárselos a los Gálvez. En cuestión de minutos ya había acabado con un linaje malvado y hasta con el heredero, que seguro hubiera sido de la misma calaña.

—Al salir de la habitación, en un espejo del comedor vi al diablo, y era mujer. Era parecida a mí, pero no me dio miedo; ni le dije, ni me dijo nada. Solo estaba en el espejo, me miró al instante que yo volteé a verla. Rápido dejamos de vernos y seguí caminando hasta la cocina. Me preparé una merienda decente, por primera vez en la vida. Al último, ya nada más me quedó energía para echarme un alcoholito, y me quedé dormida con la cara en la mesa del comedor, sin recordar cómo es que pasó.

—¡Ay, Doña Señora! Y pensar que le salvó la vida a una familia completita, creo que esa ya la debía —le dije impávido, recordando una buena acción de ella, para aminorar lo que nos acababa de contar.

—Doña Señora, y yo que suponía que era un mártir de la Guerra de los Cristeros, y usted me sale con esto —le dijo Minerva a Doña Señora.

—Esos son otros peregrinares —contestó rápidamente Doña Señora, quien ya tenía en sus manos la medallita de un santo en un caballo, que se posaba junto a un anciano, que a decir verdad no ubicaba de qué divinidad se trataba—. Escúchenme bien, que ya voy a terminar, porque después de esto ya no les contaré más historias, aunque quisiera no podría, pero esto es lo más importante para mí, es el inicio de mi vida, si es que en realidad aquello era una vida. Y es que ese primer episodio no termina allí —sentenció Doña Señora.

»Desperté con el cantar de los gallos, con eso o con el murmullo de la gente y el llanto de unas señoras, de esas que iban al templo al comenzar la mañana. Estaban ahí viéndome con mis ropas llenas de sangre, no sé cómo la esposa de Don Andrés estaba junto a mí, muerta, si yo la había dejado, creía yo, bien muertita en su cama. Al verme ya con el ojo pelón, una señora me dijo que pensaba que yo estaba muerta. Dios guarde la hora. Le dije: ¿Qué pasó, escuincla? Me dijo el padrecito que ya hasta de su iglesia lo habían ido a sacar. ¿Qué fue lo que hiciste?, exclamó. En ese momento me acordé de Don Andrés. No sé si fue por la mirada igualita a la de aquel sinvergüenza, me puse de pie y quisieron detenerme. De un aventón arrojé al curita patas pa' arriba con todo y enaguas. «¡Soy Doña Señora!», les dije a todos los presentes, mientras emprendía mi huida pie a tierra en dirección hacia mi caballo, Sultán.

»Monté mi alazán y agarré brecha, hacia el norte. Iba despavorida y descolorida. Supe que a ese pueblo, a mi pueblo, nunca más iba a poder volver y que de mi familia me iba a tener que olvidar. A decir verdad, ni siquiera sé cómo iban a tomar esto, de que su hija era una asesina. Yo quise pensar que en el fondo siempre estaría en su corazón, pero eso ya nunca lo supe.

»Lo que hice despúes fue nomás pa' sentirme viva, por pura adrenalina, como dice la chaviza: primero, me puse a robar bancos de la Unión Americana; después, ya con las talegas bien llenas de morlacos, me regresé a mi México y me di a la tarea de buscar gente adinerada, de esa explotadora, y a esos me los descabechaba a sangre fría: los ahorcaba en los árboles de sus propias haciendas, o los amarraba a mi caballo y los andaba paseando por los caminos más pedregosos o por las plazuelas, para que los pueblerinos me admiraran. Dependía de mi estado de ánimo, es que era muy voluble e impredecible, las mujeres sabrán de lo que hablo.

»Con decirles que una vez, a las afueras de esta comarca, le quemé toda su casa a un jefe militar porque el muy jodido se puso a quemarles los pies a los campesinos, que dizque por revoltosos. Eso me lo contó de viva voz un pobre afligido, y al verle sus patas todas chamuscadas, yo solita a la madrugada siguiente, pues que le hago cenizas su casa al coronel. El detalle fue que se me olvidó avisarle y pues dicen que también se calcinó, pero no soy adivina. Lo que es un hecho es que, a partir de entonces, los militares ya no me tienen ley.

»Los que sí me cogieron cariño fueron los campesinos, y no solo en esa región sino en otras partes también. Quiero decirles que realmente me estimaban, hasta me escondían en sus casitas cuando los gabachos se dejaban venir, que porque según ya me tenían ubicada y con la ayuda de los guachos de mi propio país creían que me iban a atrapar, pero siempre me les escapaba. Cuando ellos buscaban lechita, yo ya regresaba con el queso hecho. ¡Pinches hombres! Siempre demeritando a las hembras.

»De las cosas que no hice, fue asaltar el tren y no porque no pudiera, pero la verdad es que me gustaba mirarlo pasar; pensaba que en él podría viajar a un mejor lugar. Era como un brío de esperanza para mí. Cada que lo veía no le quitaba la vista hasta que se perdiera en la distancia o entre las montañas. Pensaba que podría llevarme hasta con mi familia, que me estaría esperando en la estación con los brazos abiertos. Pero ¿para qué me hacía ilusiones? Si yo sabía que eso nunca iba a ocurrir, y solo me quedaba el consuelo de imaginarlo.

»Me preguntarán si me da pena que en mi relato haya tantos muertitos, y la verdad es que sí, pero me la aguanto, aunque pensándolo bien, eran desgraciados y bien merecido se lo tenían, porque quien la hacía, yo se la cobraba y doble. Esas cosas que dicen ahora, de que la venganza es mala, ya los hubiera querido ver en mis tiempos, hubieran sido miserables y nada más. Yo les enseñé el camino a muchos abnegados. En mis tiempos la justicia se tomaba por cuenta propia, y no había de otra que a base de porrazos y catorrazos. Si no vivías en la capital o en otra ciudad que importara, pasaban muchas cosas que ni nombre y apellido tenían.

»También he de decirles que tenía mi corazoncito que latía fuerte y mi vagina jugosa como ninguna, por eso me puse a enamorar corazones en algún tiempo de mi vida: primero a los güeritos, y aunque no los conquistara me los cenaba toditos. ¿A poco iba a dejarlos por su linda cara? Al contrario, si por eso mismo me los echaba al plato. Y a veces no agarraba de uno por uno, no mijitos, si yo lo que quería era que me echaran montón, si lo que menos tenía era llenadera en mis tiempos mozos.

»Pero no crean que discriminaba, nada de eso, también a mis paisanos les tocó lo suyo, o más bien yo les tocaba lo suyo: ricos o pobres, grandotes o chaparros. A mí el que me gustaba, me lo chingaba o él a mí, como quieran verlo. Si vieran que hasta más duro me daban a mí que los descoloridos del norte. Además, ¿quién era yo para perdonar? Y no piensen que todos se dejaban, a unos me los tuve que echar, pero con mi pistola, por rejegos. Lo que sí, es que nadie me puede demeritar, porque yo sí era bien mujer, tan es así que hasta con otras mujeres estuve de cariñosa, hablándonos de cerquita y frotándonos toditas, y vieran que no me pasó nada.

—Oiga, Doña Señora, y ahora que ya se abrió de capa con nosotros, ¿quiénes son esos dos señores que la trajeron aquí y que siempre la visitan? —pregunté, sin esperar una respuesta cierta.

—¿Pues quiénes van a ser? ¡Los zopilotes, mijito! Los que me han ocultado de la prensa. Los que sus patrones me han dejado fuera de los libros de historia y escondida de la justicia gringa. Siempre han querido que les diga dónde oculté los lingotitos de oro que me traje del gabacho, pero se quedarán con las ganas —dijo Doña Señora—. Podría hablarles de otras tantas cosas, pero se me agota el tiempo. Antes de partir sin dolor, quisiera regalarles esta medallita, por tan bonita labor de cuidarme aquí todo este tiempo. Busquen la iglesia de este santito en el Bajío mexicano. Unos dicen que está en el municipio de Guanajuato, otros que en Salamanca y otros disque en Dolores Hidalgo, pero ya que la encuentren, métanse al confesionario y ahí, donde uno voltea a ver cuándo desembucha sus pecados, verán algo escrito. Ahí mero, en esa dirección, dejé todo el orégano que me quedó.

Ya con voz más cansada y un semblante un tanto desangelado, nos dijo Doña Señora, y sin ánimo de esperar en silencio lo inevitable:

—Solo les pediré tres favores a cambio de todo el oro que encontrarán. El primero será que vayan juntos y en un alazán, más allá del León de los Aldama, a buscar ese santuario, pero no atraviesen ciudades, porque, como lo dijo el hijo pródigo de mi tierra, las ciudades apartan corazones, y yo quiero que en cada galopar, en cada cerro, montaña y riachuelo que crucen, vaya mi espíritu. Pero tienen que ir juntos, así quizá en su vida pueda ir la mía, a la que siempre le faltó alguien que la acompañara, alguien que la amara, la cuidara y, sobre todo, la complementara, una vida tal y como ustedes podrán disfrutar. El segundo favor será que no nada más lleguen por la ubicación de mi tesoro y se vayan a buscarlo. Deberán confesar todos mis pecados al curita, todo lo que les conté; pueden inventarse de más, porque al fin y al cabo siempre me fabricaron andanzas y siempre se quedaron cortos de vista. No se guarden nada, ni lo del Galvecito que hice angelito, ni eso tampoco, se los suplico. El tercer favor es para ti, mijito, escríbeme un cuentito, no importa que no seas un escritor importante, al fin y al cabo, esta historia se cuenta sola. Y no es que me quiera volver popular, pero mientras haya alguien que me tenga en su memoria, alguien que piense, hable o lea algo de Doña Señora, yo no me habré muerto, y si a algo le tuve miedo toda mi vida fue a eso: a la muerte, y yo no me quiero morir.

Se le acabó la voz y con ello se le apagó la luz. Había llegado el momento. Minerva la tomó del brazo y negó con la cabeza, le cerró sus ojos. No hubo paz. El ambiente estaba enrarecido; la partida de Doña Señora parecía no suceder con tranquilidad. Un fuerte hedor inundó la habitación. El cristal de la ventana se rompió. Tenía sentido, un pajarraco no la vio y se estrelló. Les diría que las sábanas blancas parecían chamuscadas, pero no me creerían. No sé a dónde van los muertos, no sé a dónde los llevan, pero sí sé a dónde iré al amanecer, y ojalá le pueda cumplir su última voluntad a Doña Señora, ojalá.

—Descanse en paz, Doña Señora.

Instituto Hemingway

Parecía un lunes cualquiera, las manecillas del reloj marcaban las siete de la mañana, hora de entrada del Instituto Hemingway. Como cualquier otro inicio de semana, una jornada de lidiar con las tablas de multiplicar y lecturas triviales. Era un 31 de agosto de finales de los noventa, se conmemoraba el primer aniversario luctuoso de la princesa Diana. Debía ser un día más o un día menos, pero en mi caso, no fue así.

Hasta entonces, era la alumna más aplicada del instituto, y quizá de todo el estado de Guanajuato. Era de una ciudad pequeña, que era mi dulce nido en el corazón de México. Con mis 7 añitos y 11 días de vida, ya había viajado a otro continente y visto las Torres de la Real Clerecía de San Marcos y paseado por la Plaza Anaya. Esto, como premio a mi desempeño académico y ejemplar comportamiento, y para una niña de clase media, era algo que mis padres no me hubieran podido costear tan fácil. Me consideraba una niña feliz y afortunada.

El Instituto Hemingway se encontraba en una casona vieja, cerca de un río caudaloso y un jardín para enamorados. Era una finca grande; su portón negro aguardaba un pasillo muy ancho y casi infinito para una niña como yo. De lado izquierdo se encontraban las oficinas escolares, después los salones y, hasta el final de la propiedad, el patio de juegos, con árboles frutales, pasto crecido y, muy al fondo, una pequeña choza que estaba a punto del colapso.

No le faltaba nada a mi escuela, más que alumnos. No éramos demasiados, y a esta hora éramos muchos menos. Como casi siempre, era la primera en llegar, además de Tobías, mi compañero sordomudo. Tomé mi lugar de siempre, frente al pizarrón, justo en la fila central. Dejé mi desayuno debajo de mi banca, arriba de unas barritas de metal mal soldadas, y mi morral lo colgué del respaldo, después de sacar mi libreta, mi lápiz y un bicolor.

En ese momento comenzaron a entrar algunas de las que parecían ser mis nuevas compañeras, aunque no todas lucían de la misma edad. Después de ellas entró una mujer de mediana edad. Tuve que tomar nuevamente mi lugar; estaba sorprendida, no las conocía, pero ellas a mí sí, porque me saludaron con tal naturalidad, que hasta les correspondí el saludo.

No les tomé mucha atención porque me distraje con Tobías, el niño sordomudo que no me quitaba la vista. No sé si a ustedes también les pasa, que sientes una mirada sobre ti que te hace voltear. Así me pasó. Me veía con cara de asombro. Miré que tampoco traía el libro morado que todas las demás traían. Era lógico, él venía del mismo grupo que yo, éramos nuevos. Parecía golpeado. Me levanté de mi pupitre y fui con él, pero antes de siquiera poder acercármele, la maestra inmediatamente me mandó a sentar.

—¡Pilarica, a tu lugar!

Nadie me llamaba así. Pilar me gustaba; Pilarica no. Mi cuerpo era alto, tenía cara ovalada, pero con cachetes pomposos, ojos medianos, labios un poco gruesos y medio rosados, sobre todo el inferior. Cabello muy largo, lacio, castaño claro y quebradizo. Mis piernas alargadas y delicadas, de manos suaves con dedos estilizados y un lunar café claro en mi mejilla derecha. No podía ser de otra forma, me correspondía el nombre Pilar, en su forma literal, me iba más a mí.

Además, me gustaba cómo se escuchaba Pilar, más cuando era pronunciado por Oscar, el niño más galante del salón de junto. Qué raro, hoy no lo había visto, camino al colegio con su tío, pensé.

Transcurrió el tiempo de clase entre lecturas y actividades sin intención. No sonó la chicharra de las diez, pero la maestra vio su reloj, e interrumpiendo un cuento, nos mandó al recreo.

—¡Todos a jugar! —me dije.

Estuve chacoteando todo el recreo con mis nuevas compañeras, porque Tobías simplemente desapareció y no tuve tiempo de buscar a mis amigos de siempre, ni a Oscar, y así poder contemplarlo mientras él se divertía con un balón de fútbol. Jugué con las niñas a los encantados y a las escondidas, y ya no alcancé a comer cuando la maestra nos dijo que era hora de regresar al salón. Ni siquiera había ido al sanitario, así que corrí lo más rápido posible al baño del patio, pero antes de poder entrar, me detuve de sopetón.

En la entrada del baño de niñas estaba el intendente Miramón, parado y con una mano recargada en el marco de la puerta. Al verlo me dio tanto frío que me llevé mis manos a los brazos y los froté de arriba a abajo un par de veces. Lo vi a los ojos y él volteó su mirada a otro lado. Creo que ya no me iba a dejar entrar al sanitario, por eso debí sentir tanto coraje en contra de él. Sí, eso ha de haber sido.

No sé cuántos años tenía él, pero seguro le quedaban menos de los que ya había vivido. Era de piel apiñonada o como se diga, estaba menos arrugado que mi abuelo, pero tenía cara de malo, con barba entrecana y ojos claros saltones. Tenía una nariz fea, de bola, y muchas cicatrices en la cara. Su cabello negro le tapaba casi toda la frente, y normalmente vestía un pantalón de pana color guinda, zapatos cafés y camisa de color blanco percudido, y hoy no había sido la excepción.

Me di la vuelta para irme a mi salón, pero lo escuché silbar. Siempre me había dado miedo su sola presencia. Quedé enanizada, ya no era yo, sino el corazón temeroso de Pilar. Corrí hacía donde nunca debí ir. Llegué hasta la choza del fondo de la escuela, a la que teníamos prohibido siquiera merodear, y detrás de mí, el intendente Miramón.

De pronto, sucedió lo que no sucede habitualmente. Se escuchó que golpearon el portón de la escuela y el intendente se dirigió con prisas a la entrada. Aproveché ese momento para irme a mi salón. No sé cuánto tiempo estuve ahí, pero ya no estaba nadie, todos se habían ido. Quizá había llegado la hora de salida y me pilló por sorpresa.

Abandoné la escuela, algo confundida. Y pese a que mi madre me había dicho que era lo último que tenía que hacer en casos como este, caminé. Lo hice apenas una cuadra y, en la esquina, estaba sentado Tobías, en la orillita de la banqueta, con las rodillas contra su pecho, su mochila en la espalda y con su mirada clavada en el suelo. Me acerqué despacio hacia él, para no asustarlo. Cuando por fin me vio, se alegró un poco y pronto se puso de pie. Como pude le dije que tenía que ir a mi casa. Pareció no entenderme o no importarle. Me tomó de la mano y me hizo caminar junto a él.

Viéndolo ya de cerca, traía un corte en la boca y otro en la ceja. Era un niño muy tranquilo, de tez morena y de estatura media. Su cabello siempre lucía bien peinado, a diferencia de ese día. Además, parecía dolerle demasiado su cabeza, ya que de vez en vez parecía sobarla por la parte de la nuca. Lástima que nuestra comunicación estaba muy limitada, así que solo caminamos juntos. Recorrimos el callejón del diablo hasta llegar a un pequeño jardín frente a una antigua parroquia. En definitiva, no me había llevado a casa.

Le reclamé a Tobías. Tiré de su mano y lo llevé a una jardinera que tenía sombra. Toqué su herida de la ceja y, levantando mis hombros y un poco mis brazos, con las palmas hacia arriba, le cuestioné el motivo. Sacó una libreta y un lápiz, y comenzó a dibujar.

Al terminar, arrancó la hoja de su cuaderno de forma italiana, dobló la hoja, que era de doble raya, y la puso en la bolsa de mi falda. Pronto quise sacarla de ahí, pero me hizo la señal de alto con su mano. Guardó sus cosas y me abrazó. Volví a pensar en Oscar. Ojalá no me viera, sino pensaría que él que me gustaba era Tobías, o que yo era una niña coqueta.

Las calles no lucían llenas de vida, como solía verlas; se veían solitarias, muertas. El templo frente a mí estaba pintado de color amarillo y tenía un atrio perimetral, en ese momento desolado. Al irme acercando, vi que Tobías se quedaba atrás. Volteé a verlo y lo llamé con mi mano, pero él solo me sonrió y se despidió, perdiéndose entre los coches aparcados en la calle de junto. Debí darle las gracias, pero hasta ese momento no sabía el porqué; en realidad sabía poco y suponía mucho.

Me acordé del papel que me dejó Tobías. Lo saqué de mi bolsillo, y lo que vi ahí dibujado no me gustó. Comenzaron a salirse las lágrimas de mis incrédulos ojos, una detrás de otra, humedeciendo el dibujo y diluyendo mi paz. Hice bolita el papel y, sin deshacerme de él, continué ahora rumbo a la iglesia.

Llegué por el pasillo central. La gente yacía arrodillada mientras el sacerdote levantaba lo que decía que era el misterio de nuestra fe. Hasta el frente, al pie del altar, estaba un féretro pequeño, color blanco y con muchas flores a su alrededor. Hasta ese día supe lo que era una misa de cuerpo presente. Sobre el ataúd estaba un portarretrato; no alcanzaba a ver de quién era la foto.

Me fui acercando lentamente, mientras veía las caras consternadas de los ahí presentes. Me pregunté por qué la gente le tiene tanto miedo a la muerte y le llora tanto a sus difuntos, si dicen que en esta vida la muerte es lo único seguro que tenemos y es solo la antesala de la vida eterna. Conforme me iba acercando, iba reconociendo a los asistentes. Ahí estaba mi maestra Carmen, con sus ojos desvelados e hinchados, quizá de tanto llorar. Vi a varios de mis compañeros, entre ellos al travieso Torrado y a las gemelas von Humboldt. Estaban casi todos, menos Oscar. ¿A lo mejor no había podido venir o acaso le habría pasado algo al niño más guapo del instituto?

Había una corona de tulipanes con una bandita color blanco y letras en color negro, donde se leía: «Instituto Hemingway». No había un lugar apropiado para sentarme, así que lo hice junto al ataúd, en el segundo escalón de subida al altar. Desde ahí pude ver una sombra gigante proyectada en el piso de alguien recién llegado. Era de la persona que se había parado en la entrada principal un momento, para luego seguir caminando sin titubear y con paso firme hacia mí, hacia el ataúd.

Ni cuenta me di cuando ya todos estaban sentados escuchando los avisos parroquiales del final. El hombre de zapatos café casi llegaba a mis pies. Era el intendente Miramón. Al no encontrar un asiento libre, se quedó parado junto al banco de madera donde se encontraba mi familia sentada en primera fila. El párroco dio la bendición, y aquel sinvergüenza la recibió como si la mereciera. Me enojé tanto que, de un resoplido, apagué todas las velas que custodiaban la caja de muerto.

El sacerdote se percató de mi acción, que no terminó la frase donde a todos nos mandaba a casa en paz. Quienes se dieron cuenta de las velas apagadas se miraron entre sí, sin hablar, mientras yo no podía borrar de mi mente el dibujo de Tobías. Esa escena en papel daba vueltas en mi cabeza. Tenía cada detalle grabado. La imagen se había convertido en un pequeño cortometraje de lo que sucedió el sábado por la tarde en el Instituto Hemingway.

Miré a través del cristal del ataúd y me vi a mí. Ya estaba muerta. La concurrencia había ido a despedirse de mí y orar por mi eterno descanso. Tenía maquillaje en la cara, pero no lucía bonita. Si Oscar me hubiera visto, no le habría provocado una linda impresión. Ahora todo se volvía más claro. Un día antes de ayer, el sábado por la tarde, como a estas horas, había ensayo para la obra musical de mi salón de clases, con canciones de The Cranberries. Debió tomarnos solo dos horas de nuestras vidas, pero en mi caso, tomó por completo la mía.

Ese día ensayábamos en el patio de juegos, mientras la maestra Carmen dirigía nuestra representación. El intendente Miramón nos observaba con sigilo, detrás de una ventanita en el baño de mujeres. Lástima que no lo vi en ese momento. A mitad de la obra y sin pedir permiso, me fui al baño, mientras mis compañeros continuaban con el ensayo. De haber sabido lo que me pasaría, jamás me habría separado del grupo.

Al pasar por el primer espejo del lavabo, sentí de manera repentina como alguien ya grande de edad se me acercó por la espalda y me tapó boca y nariz. No podía respirar. Comencé a patalear, intentando quitarme a esa persona de encima, pero no podía. Me sacó cargada del baño y me llevó hasta la choza de mi desgracia. Nunca me quitó su mano arrugada para dejarme respirar. Cuando me tenía dentro de esa choza, tuve una última imagen frente a mí: era Tobías ahí parado, con una piedra en una mano y su pistola de agua en la otra, reflejando en sus ojos al malnacido Miramón.

Si ese día hubiera observado que Tobías fue el único que me había visto ir al baño, le habría dicho que, en caso de tardarme más de la cuenta, no me fuera a buscar sin ayuda. Tobías se preocupó por mí y fue a buscarme. Había tomado del suelo una piedra y sacado de su cintura la pistola con la que solía jugar en los recreos. Se había armado de valor y había enfrentado al desalmado que me quitó la vida. Igual sabía que si corría hasta donde estaban los demás, con su andar trabajoso y su forma de hacerse entender tan lenta, no podría ayudarme, así que intentó salvarme por cuenta propia.

Ahora sabía por qué le debía mi gratitud a Tobías. Había arriesgado su vida por mí. En el dibujo que había hecho, yo me encontraba tendida con los ojos cerrados, con un rastro de sangre que había dejado el propio Tobías al arrastrarse por el piso para llegar a mí, poder tomarme de la mano y no dejarme morir sola. Había sido tan detallista el buen Tobías, que en el dibujo se había pintado con los golpes en su cara y sangre escurriendo de la parte de atrás de su cabeza.

Tobías también lo había dibujado a él, un hombre de dos cabezas. Una de ellas representaba una bestia horrible, y la otra era la cara humana de esa bestia, con la frente tapada por su cabello y cicatrices por todo el rostro, tal y como era el intendente Miramón. El detalle más importante ahí dibujado era la marca sangrante de una mordida de niño, en el brazo izquierdo de Miramón, casi a la altura de la muñeca.

No había alcanzado a ver que, después de terminarme de asfixiar, el intendente se abalanzó contra Tobías, quien había atinado semejante pedrada en la frente del intendente. Pero el pobre de Tobías no pudo poner demasiada resistencia. Cuando Miramón lo tomó por el cuello con una mano, mientras lo golpeaba en la cara con la mano derecha, solo logró morderlo, pero con la sacudida que le dio a mi amigo, terminó azotando su cabeza contra el filo de una barra de metal, quedando ahí, inmóvil, mientras Miramón se largaba de la escena, dándonos una última mirada y asumiendo que había acabado con dos vidas inocentes.

Ahora que recapitulo, tenía explicación el hecho de que hoy no había visto a mis compañeros habituales en la escuela, solo a Tobías. Debieron dar el día de duelo por mi muerte, por eso no sonó la chicharra del recreo. Era claro que aún no aprendía a comunicarme con los vivos, y que no podían verme ni oírme, pero yo ya sabía diferenciarlos de los muertos. A estos, los veía detrás de un filtro que los volvía de blanco y negro con matices color café.

Por ello, juraría por la vida que me robaron que la maestra y las niñas que hoy tuve como compañeras ya estaban muertas, y que por alguna razón que no comprendo, seguían ahí en la escuela, sin colores vivos. Pero a Tobías lo veía diferente, no como los muertos, ni como los vivos. A él lo veía con un aura de color gris que lo enmarcaba de forma misteriosa, como si no estuviera aquí ni allá, como si estuviera acompañando mi alma en este deambular.

La esperanza de que se supiera la verdad dependía de papá. Él nunca creía todo lo que se decía y tampoco parecía creer que morí peleando, asfixiada por un niño desquiciado y sordomudo llamado Tobías. Mostraba su molestia al escuchar a algunas maestras que satanizaban al mártir de Tobías apenas acabada la misa. Hasta ese momento, de oídas, supe que mi defensor se encontraba en coma, luchando por su vida, y desde su agonía había ido a rescatar mi alma en pena de la escuela de mi tragedia, para llevarme hasta el lugar donde rezaban por mi descanso perpetuo.

Al menos pude advertir que Tobías no estaba solo, que al menos mi papá creía en su inocencia. Tobías no estaba desamparado. Si mi papá creía en él, no lo abandonaría, no dejaría impune a mi verdadero asesino. Tan segura estaba como que mi tiempo de deambular se acababa.

Mi padre tomó mi ataúd de un extremo mientras el intendente Miramón lo agarró del otro, y yo me volvía a morir mientras lo hacía. Era hora de llevarme al panteón. En vida siempre creí en las señales, me gustaban los rompecabezas y resolver acertijos, y hoy, estando muerta, tenía un sinfín de cosas revoloteando en mi cabeza, y todas apuntaban a cambiar el final de esta historia.

Comenzaba el peregrinar de la caja de muerto con mi cuerpo adentro, y la gente se acomodaba para caminar detrás de ella, detrás de mí y de mi padre, que junto con mi homicida me llevarían al panteón que tenía una cruz muy grande. Me estaba desvaneciendo, mi luz se apagaba lentamente. Al atravesar las puertas de la iglesia, afuerita, estaba la mamá de Tobías, vestida de negro y con la cara cubierta con un rebozo también oscuro.

Mi madre la vio y, con la voz desgarrada, la corrió de ahí. La mamá de Tobías, apenada, se alejó. Me acerqué hasta ella y le acaricié la mano. Debió sentir algo, porque bruscamente la movió, mientras suplicaba al Cristo Negro por mi salvación e imploraba por ver a su hijo sano y libre de culpas. No supe más qué hacer, decidí regresar a mi cortejo fúnebre.

Después de tres cuartos de hora, ya estaba en el panteón y el silencio sepulcral se apoderó del lugar. Solo se escuchaban algunos zapatos arrastrar las piedras del camino sin pavimentar, mientras el sol cobarde se ocultaba detrás de las nubes tristes. Me quedé viendo el montículo de tierra y al sepulturero con su pala, que le servía como apoyo para estar de pie.

—¿Dónde estaba Oscar? —me volví a preguntar, al tiempo que unos señores amarraban mi caja de muerto con unos lazos para echarme a la tumba número 348, como se encontraba escrito con cal, al pie de aquel hoyo en forma rectangular.

Mi cajón cayó tres metros bajo tierra, y yo aún me rehusaba a marcharme. Mi padre lucía moribundo y mi madre parecía que en cualquier momento se desvanecería. Ahí estaban muchos de mis compañeritos; algunos traían tulipanes, sabían que eran mis favoritos. Incluso hasta el mejor amigo de Oscar había venido a darme el último adiós. No podía ignorar la presencia del intendente Miramón, quien, cometiendo un gran descuido, se limpió el sudor de la frente con la manga de su camisa izquierda. Error. La manchó de sangre. Su frente tenía una cortada que dejó ver por un momento a los ojos de los ahí presentes. Arremangó su camisa volviéndose a equivocar. Había dejado visible la pequeña marca de mordedura que le había hecho Tobías al tratar de defenderse cuando vino a salvarme.

Pero nadie le puso atención, ni siquiera mi padre, que estaba de frente a él. Mientras mi tumba comenzaba a llenarse de tierra, mi alma se dejó caer hacia mi cuerpo en el ataúd, y ya veía a todos desde dentro. Mi madre llevaba en sus manos el último uniforme que vestí en vida. Con su cara marchita se asomaba tanto que pensé que en cualquier momento caería al hoyo cavado. Alcancé a mirar un papel doblado dentro de mi falda. No lo había imaginado, ni tampoco había sucedido en el peregrinar de mi alma perdida de la escuela a la iglesia. Lo que pensé que había sucedido en el plano espiritual, había sido una revelación. En efecto, Tobías, antes de morir, había alcanzado a dibujar la prueba más grande de mi asesinato, y la había dejado en mis ropas. Hasta eso había hecho bien el buen Tobías, veintiocho minutos antes de que nos encontraran en aquella vieja choza y que todos asumieran que habíamos tenido una pelea.

Me embargó el desconsuelo. Extrañaba ver a Oscar una vez más, cuando a quien debía esperar era a Tobías, a mi niño fiel, el mismo que, de vivir, sería juzgado por algo que no hizo, y de morir, nunca sería honrado por su valentía. Él fue mi verdadero y único amor, aunque en vida nunca lo supe. Era quien merecía mis desvelos, quien solo llegaba más temprano para cuidarme y no dejarme sola a la hora de entrada al instituto, el mismo que me vigilaba siempre que me apartaba del grupo. Ese era mi Tobías, el que hacía un corazón con sus manos cuando se despedía de mí, a la hora de salir de clases.

Lástima, en vida jamás le corresponderé tan tierno amor. Habría aprendido su lenguaje de señas y así poderle decir lo maravilloso que era. Hubiera querido vivir un poquito más. Me hubiera conformado con llegar al año 2000, caminar por los pasillos de una prestigiosa universidad y tomar una taza de té al estilo inglés. Pero no viví demasiado. Ya me era difícil recordar un beso fraterno o el más delicado abrazo. Me estaba alejando con la esperanza de que algún día se supiera lo que realmente pasó. Mi madre dejó caer mi uniforme sobre el ataúd, y se salió de la bolsa de mi falda mal doblada una hoja de doble raya con el dibujo escalofriante de mi vida llegada a su fin.

Ya no me di cuenta si alguien vio el papel, aunque mi papá dirigió su vista a esa hojita. Pero para ese momento, un halo de luz me cegó por completo. Sentí un fuerte apretón de mano. Era la mano de Tobías. En ese instante, algo me dijo que había despertado de su coma, pero yo ya estaba viajando al cielo, a mi cielo, al mismo desde donde cuidaría a mi héroe Tobías. Lo cuidaría por el resto de su vida. Se acabó todo para mí. La niña Pilar se les adelantó. Si me preguntan acerca de mis últimas palabras, les diré que fueron: «Gracias, Tobías, por tanto amor. Y descuida, mi niño, que yo te protegeré».

Amante inoportuno

Era una noche de invierno del año 1947, se cumplían dos años de la culminación de la Segunda Gran Guerra. Después de múltiples escenarios desgarradores, el mundo presumía un nuevo orden. Se decía ya que los Estados Unidos de América se habían perpetuado como la máxima potencia en el orbe. La historia mundial tenía nuevas páginas mancilladas de sangre, y el globo terráqueo había sido testigo del surgimiento de un nuevo imperio.

Pero no todos estábamos pegados a un radio o televisor. Algunos vivíamos nuestra vida, tratando de estar alejados de los estruendos de la guerra y al margen de lo que había dejado la beligerancia. Mis últimos días habían transcurrido en medio del mar, soñando poder encontrar la mejor imagen para retratar.

Desde la cubierta del trasatlántico *Magestic*, una fastuosa obra naval de bronce y aluminio que transportaba a más de trescientos tripulantes al servicio y beneplácito de un millar de pasajeros, se dejaba apreciar la inmensidad del Atlántico Sur. Imponente, pese a su pasividad inusual en los últimos meses del año, con un cielo plagado de estrellas y nubes tímidas asomadas al horizonte, y una luna menguante que parecía sonreír, viéndose en su propio reflejo radiante en el mar.

—Un caballero seguro me invitaría a charlar y si fuese más atento me traería algo de beber.

—Desde luego —contesté, apartando mi vista del panorama, buscando los labios que me hablaban. Y la vi: una mujer de 23 años, tal vez menos, ligeramente de menor estatura que yo, si no usara tacones, claro está. De piel blanca y cabello lacio, no sé si castaño claro o rubio, la luz natural no me lo dejó dilucidar. De bellos ojos, eso sí lo alcancé a apreciar, como los había visto solamente en los pueblos del occidente de México. Su nariz parecía dibujada con un lápiz fino por un artista realizando su mejor obra a mano alzada. De cejas delineadas, que combinaban con sus pestañas largas y rizadas, y un discreto maquillaje que exaltaba su belleza natural. A ella solo le faltaba una envoltura para regalo.

Pudo ser también de piel caliente y cabello más negro que la oscuridad, esa que oculta las pasiones censuradas, de facciones que te llaman a intentar o te jalan si las quieres ignorar, sin un cuerpo esculpido a mano, pero que seguro sabría cómo utilizar. De cabello crespo o chino, qué más da, una mujer de verdad.

En realidad, no importa cómo pudo haber sido, porque era lo que yo quería, al menos en ese momento, al menos por un instante de eternidad. Como una mujer es o como un hombre quiere que sea, así era ella. Ya de poco iba a importar de dónde venía o cuál era su nombre.

—Me llamo Sofía.

Volví a escuchar su voz, ahora con más atención, liviana hasta el punto de llegar instantáneamente más allá de mis oídos. Cadenciosa, casi arrastrando las palabras, sin que estas saliesen raspadas. Más bien suaves, como el sonido de un instrumento de viento que aún no termina de romper el silencio.

—Un placer, me llamo Ray. ¿Qué te traigo de tomar? —cuestioné sutilmente.

—Lo mismo que vos. Anda, que yo te cuido la luna.

Sonreí levemente y me dirigí hacia la barra de la cantina, con mi habitual caminar desenfadado, pese al esmoquin negro e incómodo que vestía y una pistola *Star* modelo 1926, de ocho tiros, que siempre traía enfundada en el cinturón. Percibí en el trayecto un aroma a perfume ignoto para mí hasta ese momento, sugerente, casi seductor, sin llegar a ser vulgar. Una estela que permanecía tras la mujer bonita y sus ojos expresivos, que me recordaban la miel más dulce que hubiera saboreado.

—Dos *whiskies* dobles, por favor.

—Enseguida, señor —contestó el cantinero, que con sus cincuenta y diez años podría ser mi padre, y, aun así, desde hacía una semana en la embarcación, me había guardado una distancia respetuosa, demasiado acentuada.

—Gracias —dije, dando media vuelta y casi tropezando con un tapanco.

—De nada, señor. Vaya con cuidado.

Comenzaba a despejarse el cielo, pero por poco y no lo advertí por perderme en las piernas que rozaban el vestido, tan largas y bien torneadas de la dama que tenía frente a mí. En ese momento, golpeaba su tacón izquierdo contra el piso. La encontraba demasiado atractiva e interesante, de mejillas un tanto cuanto rojizas, tal vez pellizcadas para tener ese tono tan natural. La piel de su rostro casi brillante, muy pulcra, igual que la de su cuello, delgado, alto y elegante, que dejaba mostrar un collar de perlas casi del color de la luna.

—¿Me cuidaste bien la luna? —le pregunté, dándole su vaso.

—Sí, sigue donde la dejaste.

Chocamos los cristales sin ningún brindis y dio un sorbo a su escocés, mientras yo hacía lo propio. Noté un pequeño gesto en ella. Quizá debí traerle algo más suave; ya se le pasará, me dije. Era cerca de la medianoche. Nos quedamos callados un momento, y en ese instante me asaltó el recuerdo de mi habitación, desordenada, con ropa por todos lados, fotos de mujeres que nunca salieron a la luz, y una cerveza derramada en el buró junto a una colilla solitaria de cigarro y ceniza a su alrededor.

—No estarás creyendo que me llevarás a tu recámara —me dijo Sofía, sonriendo inquisitiva, rompiendo el incómodo silencio.

—Mi pieza es un monumento al desconcierto, sin duda que estaríamos mejor bajo este cielo sudamericano. Pero cuéntame, ¿dónde estabas metida? No te había visto en el barco.

—Entonces, estoy con la persona correcta. Aquí quiero estar, porque este aire no lo volveré a sentir sino hasta después de algún tiempo, cuando aborde otro barco y escriba otro cuento. Posiblemente por eso no me viste; las letras no fluyeron tan rápido en esta ocasión, y los cuadros que cuelgan de las paredes de mi habitación fueron mi mejor vista.

Terminando de hablar con esos labios tan inquietos, que enmarcaban una sonrisa blanca como la nieve y espontánea como la de una jovencita, se nos acercó el cantinero, que al parecer aguardó el mejor momento para no interrumpirnos. Acercó una mesita alta, donde dejó una botella de Macallan 1926, del mismo que tomábamos, me pareció.

—Me retiro, el bar acaba de cerrar —dijo.

—Gracias, aguarde un momento, por favor —le contesté. Quería retribuirle su acción y busqué en mi pantalón alguna moneda de oro. No traía, ni siquiera de plata. A decir verdad, no sé qué buscaba, solo traía conmigo un par de tornillos del trípode de mi cámara, que se zafaron el día anterior—. Debí dejar mis valores en otra prenda —afirmé con una falsa extrañeza.

—Descuide, mi señor. Mañana será otro día; que la luz de la luna sea su mejor compañía.

Al parecer, no habíamos sido los únicos que apreciábamos la belleza de la luna aquella noche. Era imposible, no podía pasar desapercibida. No había quien la opacara. Las luces de las ciudades estaban lejos, y nosotros parecíamos estar más cerca de ella.

—Bueno, pues yo viajo cada que mi trabajo me lo reclama, soy fotógrafo.

Hice una pausa. Notaba sus ojos vivaces que repasaban mi cabello despeinado, bajaban hasta mi barba cerrada, sin descuidar mi cicatriz cerca de un pómulo y perdiéndose en mi cara asimétrica, volviendo a mi cabello poco alineado.

—Porque, como podrás ver, no soy el tipo que sale en las fotos, sino quien las toma —le dije.

Ella solo contestó dejando ver esa sonrisa tan suya, que ya quería que fuera tan mía. Esa noche hablamos de nuestras familias, tan distanciadas de nosotros o, mejor dicho, nosotros de ellas. De los amigos furtivos, idealizados e inolvidables, de esos que pasan en tu vida dejando una enseñanza, una experiencia o una historia para siempre. Conversamos de sus últimos años en la Península Ibérica y la Vieja Europa.

Nos reímos con sorpresa al recordar un colegio de la capital mexicana que nos recibió a los dos en los años veinte, donde coincidimos, separados por un muro. El mismo muro que de un lado vio forjar caballeros y del otro educar señoritas que los esperasen, castas y puras, con toda la inocencia contenida. Hablamos de su gusto por la ópera y mi debilidad por el teatro. Charlamos de eso y más.

—Debo confesarte algo, mexicanito —me dijo, bajando notoriamente su volumen de voz, ya de por sí bajo. Se acercó a mí; estábamos de pie, recargados en un barandal tubular de cubierta. Volteó su vista hacia abajo y se quedó mirando cómo el barco rompía las olas, como si las palabras se las hubiera llevado el mar.

—Lo que sea, me gustaría saberlo. Pagaría cualquier precio por saberlo todo de ti —le contesté.

—Cualquier precio podría ser muy alto, Ray —me advirtió—, pero te diré algo de mí: siempre me han gustado los tipos feos, así como tú. Sin poses, los prefiero con porte. Un día escuché de una diseñadora parisina de nombre Gabrielle Chanel que «la simplicidad es la clave de la verdadera elegancia», y así busco a mi hombre.

Se tomó un arete con su mano derecha. A ella no le había afectado la moda de los cuarenta, opaca y triste, impregnada por la guerra. Ella se quedó con la elegancia y la silueta femenina exaltada por las prendas entalladas. Vestía con sensualidad un vestido negro que le irrespetaba las pantorrillas, y un abrigo nada bromoso que apenas trascendía de su espalda baja, protegiéndola del frío de esa noche invernal.

Alzó la vista, y pude descifrar su mirada. Tenía esa incertidumbre en los ojos de quienes saben que están hablando con un viajero con el que quizá no vuelvan a coincidir. Esa inseguridad de no dejar entrar a tu vida a quien te ha encontrado de paso por la suya. Por eso apresuré mi *whisky* y le hablé:

—Quedaría complacido de quedarme toda la vida acá en el sur. He de decirte con franqueza que mi viaje a Sudamérica no ha sido de placer o de trabajo; he venido a buscar un pisito en Río de la Plata, y si lo encuentro, solo me faltaría con quién compartirlo.

Quise reconfortarla, darle una mínima seguridad de que, si ella así lo quería, este encuentro no sería el único. No le estaba mintiendo; no tenía esa costumbre, pero quizá mi deseo estaba superando la razón y me hacía creer cosas que no eran. Por eso decidí perderme en sus labios, en esos labios tan apetecibles, hasta para el más exigente conquistador de la época.

—Si un día quisiera encontrarte, lo haría. Escribiría la obra más bella, la llevaría al teatro para que tuvieras que venir a fotografiarla, y así tú serías el que vendría a mí.

Faltó poco para agotar el contenido de la botella y con ello la nostalgia de nuestros recuerdos, la añoranza de aquellos tiempos y la fluidez de la conversación.

—Tengo que irme. Dormiré un poco y despertaré temprano a hacer mis maletas.

—Yo igual. Te acompaño a tu recámara —le respondí.

Caminamos de la mano. No sé quién tomó a quién; solo dimos pasos lentos y, a decir verdad, algo tambaleantes e inciertos. Me apretaba fuerte con su mano fría, delicada y muy tersa, que no dejaba sentir ningún maltrato en ella. No me soltó hasta que llegamos. Abrió la puerta de su pieza y, volteándose hacia mí, se acercó despacio y me dio un beso sensible en los labios, con una pasión atada y un deseo frenado, que terminó como un beso tierno y educado.

—Sabrás que una señorita no invita a un hombre más allá de la entrada, ¿verdad? —me lo dijo temblando, con sus manos en las mías y con una mirada dubitativa.

—Desde luego. ¿Mañana nos vemos en el desayuno?

Asintió con la cabeza, y le sonreí antes de retirarme. Alejándome de ella, sentía una descarga de emociones. Sentía que mi corazón no cabía en mi pecho y mis ojos no miraban la realidad. En realidad, de algún modo, seguían viéndola a ella, y sin recordar más, se apagaron las luces.

—¿Se encuentra bien, caballero? —dijo una recamarera que se encontraba junto a mí.

—A decir verdad, no, quizá bebí demasiado.

—Ya lo creo. Estaba usted ardiendo en calentura. Llevo dos horas aquí poniéndole lienzos de agua en la frente, tal y como me lo indicó el doctor de la tripulación, pero el barco ya está quedándose solo. El desayuno terminó y la gente comienza a desembarcar el *Magestic*.

Observé el reloj de la pared de mi habitación. Era casi la una de la tarde. Lo primero que pensé fue en Sofía. No la había visto en el desayuno, como le había dicho, y tal vez ya nunca más la volvería a ver. Observé a mi alrededor y noté más desorden del que yo había dejado, y la ausencia de mi caja de seguridad, que había puesto junto a un silloncito.

—¡Me robaron, señorita! —le dije exaltado.

—Cuando llegué, la puerta ya estaba abierta, por eso es que yo estoy aquí, y el lugar luce igual desde mi llegada —dijo la enfermera, a quien le creí sin discreparle una palabra.

Decidí guardar mi ropa en la valija. Tomé mi cámara y salí apresuradamente de la habitación, olvidando darle las gracias a aquella persona que cuidó de mí. Llegué con el capitán, que se encontraba sentado a un lado del timón. Contándole todo lo sucedido, me escuchó sin interrumpirme una sola vez. Tal vez suponía que no podría devolverme mis cosas, pero sí aliviarme un poco el enojo que traía por mi pérdida.

—¿Qué puedo hacer? —le pregunté, escuchándose eso más como un reclamo.

Me miraba fijamente con una taza de café en la mano. Parecía calmado, como si esto pasara muy a menudo. En eso, tomó tres hojas de papel que tenía junto a él, que después de revisarlas detenidamente en dos ocasiones, por fin me habló.

—En este barco no subió ninguna persona de nombre Sofía, y la habitación 169 que dice es de ella no fue ocupada —dijo el capitán con voz firme—. Así que debería reconsiderar por cuenta propia lo que pudo haber pasado, y si no puedo ayudarle en algo más, le sugeriría pisar tierra y buscar otro doctor o un buen remedio para el malestar que lo aqueja. A veces se nos pasan las cucharadas y creemos haber visto cosas que no ocurrieron.

Me dirigí hacia la escalera de la embarcación. En el trayecto, solo pasaban por mi mente imágenes de la rubia cuentista. A mi alrededor flotaba su perfume, pero seguramente también estaba solo en mi mente. Estaba muy confundido, porque definitivamente no creía en espíritus... al menos no en aquellos que te toman de la mano, te besan y luego te asaltan. Creía en todos, menos en esos.

Descendí del barco de mi desventura. Ya había llegado a mi destino, al menos a tierra firme. Lo primero con lo que te topabas era un mercado creciente, con algunos cabarets castigados por la recesión y una marejada de personas ocupadas en lo suyo. Ahí estaba yo.

Encendí un cigarrillo Avanti y me senté en el pórtico del cabaret que tenía la mejor música. Reflexionaba acerca de mi travesía en tierras y mares sudamericanos. Estaba consciente de que no había empezado bien, pero mi suerte tenía que cambiar. Me levanté sin mucho ímpetu, tiré la bachicha del cigarro mal fumado y decidí ir a buscar un lugar donde pasar la noche. No quería que me sorprendiera en la calle de un país que no conocía más que por fotografías.

Cuadras adelante encontré un periódico reciente tirado en el suelo; no parecía tener dueño. Lo recogí y seguí caminando, mientras comenzaba a hojear sus páginas. Me detuve en un reportaje; había encontrado lo que buscaba, lo que me ayudaría a no pasar una noche triste. Caminé cerca de un cuarto de hora con una dirección definida y un hambre algo pronunciada.

—Buenas noches, permítame anunciarme. Soy representante de la Federación Argentina de Empleados de Comercio y Servicios. ¿Sabe a qué me refiero? —le dije a la recepcionista del Hotel Hurlingham, que parecía nerviosa desde mi entrada al lugar.

—En realidad no, señor, pero si me explica, lo sabré.

—Represento a los dueños de este y otros hoteles de la región. Me quedaré en una suite un par de días. Le agradecería su discreción y que apreciara mi confianza, ya que estaré evaluando la calidad del servicio del hotel. Tal vez recomiende a un par de empleados a mis jefes. Por ello, quisiera pasar por un huésped común ante los demás empleados.

—Bienvenido, señor. Disculpe usted, soy nueva en este hotel. Sé que debo cargar el costo de su estadía a la cuenta de gastos diversos del hotel, claro, una vez que se haya identificado con algún carnet o carta —contestó la joven con voz más modulada.

—Desde luego, veo que ha aprendido pronto. Seguramente con mi recomendación llegará lejos en este ministerio. Permítame, estoy buscando el carnet. Supongo que se fue al fondo de la maleta, debajo de mis Christian Dior.

En ese momento, me comenzaron a sudar las manos y a endurecer el semblante. Creo que no había bastado con leer esa nota del diario *Clarín* por la mañana y querer crear una historia. Tal vez no era tan sencillo como pensaba, o simplemente me faltaba destreza para tener siempre el control.

—Descuide, señor. No se moleste, soy una torpe. ¿Cuál es su nombre y su número de carnet?

Sentí como el alma, que corría en dirección a la calle, regresaba a mi cuerpo. Percibí la ayuda de la suerte que me había abandonado en el *Magestic* y ahora volvía conmigo. Cerré la petaca y me llevé la mano al cabello, denotando inconscientemente un alivio que la mujer frente a mí no descifró.

—Soy el señor Baressi, con número de carnet 012. Mis jefes y los tuyos se encargarán de presentarme en su momento y de todo el papeleo. Le reitero la bienvenida a este su Hotel Hurlingham. Será como usted ordene. Esta es su llave. Cualquier cosa que necesite, estoy a su servicio. Le suplico no vaya a pensar mal de mí y me tenga en sus consideraciones, así como al portero del hotel, que es mi tío y lleva muchos años trabajando aquí.

—No se preocupe, señorita. Le agradecería que me enviara a la habitación mi cena: la especialidad del chef, la mejor botella de *champagne* del bar y la variedad de aperitivos que tienen. Debo confesar que me encantan los que sirven aquí.

Me disponía a buscar el número de cuarto que marcaba el llavero, cuando un empleado del hotel se acercó rápidamente a mí y me ayudó con mi maleta. Me indicó que lo siguiera. Abordamos un elevador y subimos varios pisos, creo que paramos en el quinto. Después de un sonido típico de aquellos mecanismos motorizados, él abrió la puerta del ascensor y caminamos unos cuantos pasos por un pasillo alfombrado en color verde oscuro, iluminado con un par de candiles. Había un olor a humedad disfrazado con una fragancia difícil de ignorar. Llegamos finalmente a mi suite.

—Es muy amable. La propina la dejaremos para cuando me retire del hotel, ¿de acuerdo? —le dije al maletero después de rascar mis bolsillos y solo encontrar los mismos tornillos de siempre, además de pelusa y una semilla salada.

—No se preocupe, caballero. Que pase una excelente noche —contestó con fastidio y una amabilidad fingida. A él lo hubiera puesto primero en mi lista negra, de haber tenido realmente el poder para hacerlo.

Entré a mi habitación, descalzándome de inmediato. Me despojé del saco, me desanudé el moño y desabotoné la camisa para arrojarme con gran desparpajo sobre la cama. Encendí el televisor, aunque mi mente estaba con la rubia cuentista. Tenía la convicción de encontrarla y desmenuzar la maraña de ideas que tenía. Comenzaría a seguir su rastro en las cerrajerías cerca de la costa. Si ella había robado mi caja de seguridad, no iba a andar por ahí cargándola. Y si hubiera sacado el dinero, habría corrido a un banco o una terminal de transporte, ya que era demasiado capital como para simplemente guardarlo debajo de un colchón.

Sabía que había sido un error viajar solo al Cono Sur con semejante cantidad de dinero. Mis pensamientos fueron interrumpidos por el servicio a cuarto. Había llegado mi comida. Hice a un lado mis reflexiones, y después de que la recamarera dejara los alimentos en la mesa de centro, la despedí con una sonrisa indiferente y cerré pronto la puerta para comenzar un festín de sabor, que bien merecido lo tenía, después de los sinsabores que había pasado.

Brindé con mi soledad, chocando mi copa de *champagne* al aire. Le murmuré que la próxima vez que estuviéramos reunidos, el brindis sería más dulce. En ese momento, el televisor finalmente mostró una imagen nítida. Me recosté en el sofá cercano e intenté distraerme frente a esa caja de bulbos que, definitivamente, algún día sería mejor. Menos bromosa, quizá, más clara, y que mostraría imágenes casi como en la vida real.

Hubo una pausa comercial, que me dio el pretexto que necesitaba para ducharme. Entré al cuarto de baño y abrí la llave de agua caliente. Aquello parecía un baño de vapor. Me interné en la bañera y no salí hasta después de una hora, cuando las yemas de mis dedos se manifestaron arrugándose, señal de que el baño debía concluir.

Aquella noche no hubo tiempo para más. Dormí alrededor de siete horas, pero no recuerdo el sueño que tuve. Solo sé que hizo que medio despertara a media madrugada, frotándome la cara con ambas manos, y que, de alguna forma, bajara un pie de la cama, despojándome por completo de la sábana.

Era de mañana cuando recogí el pesado teléfono del piso, que debí tirar mientras dormía. Comenzaba el amanecer, y con él nacían nuevas esperanzas de encontrar mi dinero y mi rubia cuentista, esa mujer que sentía que también me pertenecía. Podría perdonarla, incluso quererla y hasta amarla por siempre, solo si me enseñaba nuevamente el brillo de la vida en sus ojos.

Me alisté apresuradamente para salir en busca de lo que por derecho me correspondía. De la fiebre ya no había rastro alguno, y al parecer, la recepcionista del día anterior había procurado que me atendieran bien, porque no me dejaron salir del hotel sin brindarme un suntuoso desayuno. Lo comí descuidadamente, al punto de manchar mi camisa con un poco de salsa de tomate, pero eso poco importaba cuando eras el huésped más distinguido del lugar.

Salí a la calle y noté que el sol comenzaba a asomarse tímidamente. Mentiría si dijera que había gaviotas o pelícanos cerca de las playas. La única fauna de aquella avenida era un perro flaco, negro, descuidado y sucio, que cojeaba de una pata. Si hablara, seguro pediría piedad; juraría que me miraba como un humano, con esos ojos que parecían reclamar en silencio, buscando conmoverme. Hubiera creído que era una persona, pero cuando una señora le tiró un pedazo de pan, el perro corrió como pudo, incrédulo de que alguien intentara ayudarlo.

Caminé muchas cuadras, deteniéndome en una cerrajería y un banco que encontré en el camino. Sumados a una herrería y una casa de huéspedes, no lograban darme una pista. Llegué a una banquita en la Zona Centro de aquel pueblo costero, sin señales de nada y con el ánimo en decadencia.

—Buen día, joven Ray —me dijo una señora al llegar a la banca que yo acababa de ocupar, frente a unas oficinas de gobierno.

—¡Buen día! —le contesté, alargando la última letra, cuestionando con ese gesto su conocimiento de mi nombre.

—Debería escribir un cuento de lo que le pasó —dijo la mujer, con una familiaridad que me alertó.

—¿Por qué me dice eso? ¿Y cómo sabe mi nombre? —le pregunté, cada vez más intrigado.

—Soy la cocinera en el trasatlántico *Magestic*. Todos supimos que le dijo al capitán que estuvo con una mujer misteriosa, que le robó su dinero y su paz —respondió la señora, persignándose o haciendo un gesto similar con la mano derecha.

—No es que haya inventado a una mujer y que mi falta de lucidez haga que desaparezca al no poderla imaginar nuevamente.

Mi comentario dejó lugar a una risa hiriente, al menos para mí. La cocinera se despidió moviendo la cabeza de un lado a otro y, mirándome con algo de pena, me dijo:

—El día que encuentre lo que perdió, usted ya lo habrá perdido todo.

Me sentí mal. Mis ojos percibían algo que mi cámara no capturaría. Desde pequeño, había tenido una capacidad sensorial inusual para interpretar miradas. La cocinera dejó de mirarme, como si se hubiera dado cuenta de que yo sabía lo que pensaba. No quería que se fuera sin decirme algo más concreto, algo que al menos me diera una pista. Se detuvo por última vez a medio caminar y me dijo:

—Ningún cantinero sale a cubierta a llevar botellas. Me gustaría hacerle entrar en razón, pero debo irme. Mi marido está a punto de salir de la barbería, y usted me ocasionaría un problema si nos ve juntos.

Tomé el rumbo de vuelta al hotel, caminando lentamente con las manos en los bolsillos. Si hubiera encontrado piedritas en el suelo, seguramente las habría chutado. Ya consideraba llamar a México y pedirle a mi abuelo que enviara a alguien por mí. Él era un hombre cabal, dueño de la botica más grande de la región. Había heredado tiendas de sombreros de prestigio y se había asociado con curtidores de la zona. Además, el equipo de fútbol del que era socio acababa de salir campeón. Sabía que él tendría tanto el ánimo como los medios para ayudarme.

Llegué al Hotel Hurlingham aún sin decidir mi próximo paso. Pasaba del mediodía. Me alegré un poco al ver a la misma recepcionista que me había recibido tan gentilmente la noche anterior. Me dirigí directamente a mi pieza, no sin antes aprovechar para guiñarle el ojo. Ella me sonrió cortésmente, pero me sorprendió cuando, al mismo tiempo, me llamó con sus dedos para que me acercara.

—Señor Baressi, le llegó una carta. La dejaron en el buzón del hotel. Debe ser urgente, porque el cartero no debería venir hasta pasado mañana —me dijo la recepcionista, entregándome un sobre blanco sin estampillas, solo con mi nombre como destinatario.

—Gracias —le dije, antes de retirarme a mi habitación con una creciente zozobra.

Entré en la habitación e inmediatamente abrí el sobre. Me sorprendió que dijera solo «Sr. Baressi», sin ningún nombre. Aunque ese apellido no era mío, sabía que la carta era para mí, ya que en ese hotel me hacía pasar por el señor Baressi. Comencé a leer:

«Necesito verte. Te estaré esperando en el mismo lugar donde debimos encontrarnos».

No había firma, pero podía suponer que era mi rubia cuentista. Al margen de quién hubiera escrito la carta, esa persona sabía que, al menos en el hotel, me hacía llamar Baressi, y que debí haberme encontrado con la rubia en una cita a la que no llegué. Si ella no era quien me buscaba, alguien me estaba siguiendo de cerca.

Eso no era bueno. Quizá era el momento de marcharme de aquel país y olvidarlo todo, pero sabía que debía buscar la verdad, aunque fuera peligrosa. Tenía que hacerlo pronto, porque cualquier día de estos me descubrirían en el hotel.

Salí otra vez del Hurlingham, con la tarde como testigo de mi última aventura. Iba en busca de mi destino, solo esperando que no me sorprendiera demasiado. Al caminar, vi de nuevo al perro desfallecido de la mañana, comiendo algo del suelo. Al verme, apresuró su ingesta y atravesó la calle, casi siendo atropellado por un Ford Coupé de los treinta y tantos.

Crucé la acera con más cuidado que el canino y me dirigí al puerto a buscar el trasatlántico *Magestic*. No iba solo; el perro seguía junto a mí. Llevaba un collar, lo que me hizo pensar que tal vez se había escapado hace mucho de su casa, o quizás lo habían abandonado como a un objeto cualquiera.

Por fin llegué al puerto y vi el majestuoso *Magestic*, imponente con todas las luces encendidas y la escalinata lista para abordarlo. En ese barco, durante el desayuno, debí encontrarme con la rubia cuentista, pero ahora no podría subir sin boleto. Eso era seguro.

Me senté en una roca al principio de unos muelles. Mi mente comenzaba a divagar. Fumé el último cigarrillo que me quedaba y me pregunté cómo podría entrar al barco sin que nadie lo advirtiera. Ser polizón, sin duda, no sería bien recibido.

Le hablaba al trasatlántico *Magestic*. Cualquiera que me hubiera visto se habría reído o se habría alejado, considerándome alguien falto de cordura. Menos el perro, que seguía conmigo, y un niño que se acercó con un balón de fútbol, comenzando a dominarlo con la cabeza con un talento sorprendente.

—¡Vaya que los argentinos son buenos con la pelota! —le dije, abandonando mi conversación ociosa y sin sentido con la embarcación.

—Soy uruguayo, pero vine de vacaciones aquí —me replicó con una voz delgadita y chillona.

—Oye, ¿dónde has dejado a tus papás?

—Fueron a la policía. Es que les han robado sus cosas de camino aquí, y mi papá dice que fue la tripulación del barco *Zeus*, que está junto al que tú le has estado hablando como un loquito. Pero me tengo que ir, mi hermano me está llamando. Es ese muchacho que está por allá, levantando el brazo.

Le dije que me esperara, pero no me hizo caso. Caminé detrás del niño, y detrás de mí, mi nuevo guardián de cuatro patas. Mis pies se hundían en la abundante arena; no podía correr como lo hacía el chiquillo. De repente, tropecé con un tronco medio enterrado en la arena fina. La falta de luz me había disminuido la vista, y no lo había notado.

Tuve que reírme; mi perro comenzó a ladrar y llamó la atención de los pocos turistas que quedaban en la playa. Me miraron tendido en la arena con ropa de etiqueta. Me incorporé como pude, pero ya no vi al niño. Aun así, caminé en dirección hacia donde había señalado que lo esperaban, cuando un señor llamó mi atención.

Era el cantinero que, días atrás, me había llevado la botella de *whisky* a la cubierta del barco. Estaba en un puesto de comida, esperando quizá su orden. Lo vi de perfil y me acerqué a él por la espalda, sigilosamente, por si quisiera correr al verme; así podría impedírselo. Él podría ser un cabo que tenía que atar para aclarar esta marejada.

—Buenas noches, señor —dije.

Dejando su refresco en la barra de lámina de aquel puestecito, volteó su vista hacia mí y, sin ninguna facción de asombro, me dijo:

—¿Cómo le va, señor?

Me sorprendió la naturalidad con la que me respondió, como si este empleado del barco me viera todos los días por ahí, o peor aún, como si estuviera esperándome.

Quise asegurarme de que no me estuviera confundiendo y le pregunté si me recordaba.

—Claro, señor, es usted el caballero que se embarcó en México, mi compatriota. Por eso tomé una botella de la cantina del bar y se la obsequié aquella noche.

—¿Sabes lo que me ocurrió esa noche? —le pregunté con la esperanza de encontrar la verdad de lo que había pasado.

—No, señor —me contestó de forma seca, sin intención de decir algo más, llevándose mejor la boquilla de refresco a su boca, fingiendo darle un sorbo a su bebida.

—Escúcheme con atención. Ese día, después de despedirme de la rubia con quien me vio en la cubierta del barco bebiendo, ya no supe más de mí. Me robaron el dinero, el capitán no me creyó y la cocinera del barco extrañamente tampoco creyó ni un pío de lo que le estoy contando.

—Siento lo que le ocurrió, señor, pero a decir verdad, cuando yo le llevé la botella no vi si estaba con alguien. Únicamente lo que vi esa noche es que entró solo al bar y pidió un par de *whiskies*. Casi tropezaba cerca de la barra, y un tiempito después, opté por llevarle una botella. De alguna forma la robé, lo reconozco, pero ya lo había visto en cubierta, solo, toda la noche. Y una propina extra en el último día de viaje siempre es buena, lástima que eso no saliera nada bien.

Me bajó la sangre hasta los pies. Él era la persona que podía apoyar mi dicho o desmentir lo que yo afirmaba. Si él no era, entonces, ¿quién? ¿Había tenido un encuentro con un alma en pena? ¿Habría tomado tanto que imaginé lo más bonito que hasta ese día me había pasado? O acaso, ¿me estaba volviendo loco?

No sé por qué quise tomar por el cuello de su camisa a aquel viejo. Quería gritarle en la cara que solo un ciego no podría haber visto a la dama con vestido, que seguro era de tirantes y dejaría ver unos hombros tan femeninos que cualquiera hubiera querido apoyarse en ellos. Que llevaba ese vestido tan entallado que presumía unas curvas prominentes. Pero sí, quería gritarle, ¿cómo no pudo haber visto siquiera un arete con un diamante que colgaba de su oreja o sus uñas pintadas de color mate?

Quería golpearlo a él y a todos los que estaban cerca. Se me comenzó a nublar la vista. Sentía que estaba en un pueblo maldito y esa maldad comenzaba a invadirme. Me sentía preso de un engaño, del más grande ocurrido a alguien con mi preparación.

Sentía una farsa montada solo para desquiciarme. Quería despertar y decirme: «Fue solo una pesadilla».

—Quisiera ayudarlo, señor, pero no sé cómo. Además, hoy el barco *Magestic* parte por una semana, pero un amigo tiene una frutería en el mercado; él podrá ayudarle a juntar algo de plata para su regreso.

—Sí puedes ayudarme —le contesté casi al instante en que terminó de hablarme. Mis impulsos se esfumaron y mi cordura había vuelto. Le dije que solo necesitaba un favor: subir al barco, solo por un momento. Le comenté lo de la carta y le prometí no ocasionarle ningún problema.

Él estuvo de acuerdo. Entonces estuvimos ideando el plan mientras él se comía un baguette de carne a medio asar. Concluimos finalmente que él hablaría con su jefe de sección y arreglaría todo para que yo pudiese entrar al barco antes de partir, a ver si podía encontrarme con mi rubia cuentista. Pero, como me haría pasar por un periodista, necesitaba un documento que lo simulara y, obviamente, una cámara fotográfica.

Quedamos de vernos en una hora en el mismo lugar. Él se despidió presentándose como Pablo Villanueva, y yo hice lo propio, ocupando otro nombre distinto y autonombrándome Emiliano. Me fui corriendo hasta el hotel por mi cámara. Mi perro fiel quizá dejó de serlo o tal vez supo que regresaría a aquel sitio y decidió esperarme mientras terminaba de digerir las sobras que le había dado él de la tortería. Mientras tanto, yo, al llegar al hotel, le solicité a la recepcionista una máquina de escribir, so pretexto de que haría mi informe, donde, por supuesto, haría una mención distintiva para ella.

Postrado en una silla con una pequeña mesa de estudio, me dispuse a hacer el escrito apócrifo en la Remington, con el cual me haría pasar por un periodista. Creo que el arte de la simulación se estaba convirtiendo en algo sencillo para mí. En ese momento, la tranquilidad de mi habitación fue interrumpida. Tocaron la puerta.

—Adelante —repliqué.

—Con su permiso, Sr. Baressi, perdón que lo molesté, solo quise despedirme ya que mi turno concluyó, y abusando de su confianza, quería contarle que hoy por la tarde mi madre me echó un cable diciendo que otra vez se había quedado sin trabajo, y se me ocurrió que tal vez aquí podría tener cabida, ya que los gastos en la casa son muy elevados debido a la enfermedad de mi padre. Perdóneme, creo que ya estoy hablando de más —concluyó repentinamente.

Me sentí apenado, no supe qué decirle; la tomé de la mano y le di un cariño fraterno.

—Si se le ofrece algo más, en lo que sea puedo complacerle. Seguramente está algo cansado y yo con mis cosas, pero podría darle un masaje placentero o lo que usted me pida, si así me lo propone.

Percibí un tono sugerente en aquella chica. A decir verdad, era simpática ahora que la veía con más detenimiento; su nariz aguileña me parecía tentadora, sus cejas mal delineadas y sus labios finos dejaban ver facciones agradables en su cara. Su cuerpo era como el de una doncella, delgadita y frágil. No pude evitar perderme en su mirada, y la sentí inocente, más de lo que hubiera querido. Definitivamente era una mala jugada aprovecharse de ella.

—Estoy bien, señorita, gracias.

La apuré poniéndome de pie y despidiéndola con un gesto amable. Me quedé pensando que una mujer podría hacer cualquier cosa con alguien que cree saber quién es, pero en realidad no conoce. No puedes pretender conocer a una persona con solo verla pasar; esa mujercita me hubiera dado todo. Hoy mi desdén fue lo mejor que pudo haber conseguido ese día, pero hasta después se daría cuenta de ello.

Me puse a escribir en una hoja blanca; ahora me llamaría Carlos Burone, pero vaya que ese nombre no salió de mi imaginaria. Ese nombre le pertenecía a un periodista argentino; apenas días atrás lo había escuchado mentar y me había parecido que la tinta de su pluma llegaría lejos. Si tenía que ser periodista por un día, qué mejor que con su nombre, pensaba yo.

La hoja tenía muchas firmas, todas mías por supuesto, donde era comisionado para abordar el barco y sacar impresiones con mi cámara fotográfica y, en la medida de lo posible, realizar un par de entrevistas al menos. Este material sería presentado ni más ni menos que en el Diario *La Prensa* de Buenos Aires, así que, sin duda, tenía las credenciales suficientes para ser bien procurado al abordar la embarcación.

Miré la hora en mi Cartier y lo guardé en la bolsa interior de mi saco. Ya habían pasado tres cuartos de hora y aún tenía que recorrer una legua para llegar a la riviera de la playa. Salí del hotel caminando, con mi cámara en mano y un sobre con mi nombramiento ficticio. Ese día había dejado mi arma debajo de mi almohada, porque las armas de un periodista nunca llevan balas, y yo no sería la excepción.

—¡Tírame las agujas! ¿Ya viste la hora? Es tardísimo, apúrate que ya está todo hecho —me gritoneó Pablo, con un tono argentinizado, dejando atrás sus raíces de otras latitudes y molesto por mi tardanza.

Caminé detrás de Pablo, mi paisano avecindado en estos lares, el cantinero, el mismo que me sentenció que solo tendría diez minutos de estancia en el barco para hacer lo mío; la persona que estaba a la entrada ya me esperaba y solo tenía que ser requisado al subir. Sentí un poco de nervios, pero al ver a la distancia el saludo amable del gendarme de la entrada, el cual no había visto en mi viaje, me tranquilicé un poco.

Subí al *Magestic*, pensé que si mi enamorada escurridiza andaba por ahí, esta vez no la dejaría ir. Observé que aún subían las últimas personas y que mi estadía en el barco se acortaba. Me dirigí al comedor y vi que todas las mesas lucían impecables, con mantelería color blanco y cubiertos brillantes, tazas de porcelana, copas de cristal relucientes y velas esperando ser encendidas, aguardando la cena de bienvenida que seguramente ofrecerían. En mi camino solamente vi a la misma persona que en mi viaje había fungido como *sommelier*.

Por suerte, no había ocupado de su cata de vinos; además, ni siquiera me puso atención. Caminó directo hacia la cava del restaurante y me dejó solo, más solo que cualquiera que espera a alguien que no sabe si vendrá. En eso, comenzó a escucharse en la fonola Frank Sinatra con el tema *Nancy* (With the Laughing Face). Se apagaron los candiles del comedor y volví a percibir ese aroma que me hacía volar por la superficie del mar y me salpicaba las alas de excitación. Saqué un fósforo y prendí la vela de una de las mesas. Recargué mi cámara en un pilar y tomé una de las sillas para esperar lo que solamente yo esperaba.

Ella toma el invierno y ella lo hace verano

Y el verano podría tomar unas lecciones de ella

Imagen femenina en encaje

Es Nancy con la cara sonriente

Algo así decía la canción traducida al castellano, aunque sin duda mi Nancy se llamaba Sofía y solo quería saber si estaba al menos mejor que yo. Esperaría una eternidad si tan solo supiese que vendría a buscarme; la buscaría toda la vida si tuviera un gramo de certezas, pero en lugar de todo eso, estoy aquí, sentado a la luz de la vela y con una sola lágrima que no refleja el desconsuelo tan grande que ahora siento.

—Un caballero seguro me invitaría a bailar y, si fuese más atento, me tomaría del guante y no me dejaría esperar más.

Era ella, con sus retóricas propuestas, era la voz de mi Sofía, la mujer que me había robado mi espíritu y hoy me lo estaba devolviendo. Me puse de pie pronto, miré hacia la entrada y ahí estaba, recargada en la pared, pero erguida como siempre, con su movimiento tan sugestivo de ojos de un lado hacia el otro. Caminé directo a ella, le tomé su definido mentón con mi mano y, con la izquierda, la agarré por la cintura y la besé.

No existía nada en ese momento más que su cuerpo contra el mío, sus labios destilando toda su sensualidad al rozarse con los míos. Dejaba que sintiese mi hombría, al tiempo que sus brazos atrapaban mi cuello para asegurarse de que eso durara un poco más. Tras los instantes más agitados que pueda recordar, me separé de ella y la llevé del guante al centro del lugar. La canción estaba por terminar y solo bailamos lo suficiente para despedir la canción.

Se acabó la música y se encendieron los candelabros. Todo parecía muy sincronizado, como si hubiera alguien detrás de cámaras. La vi a ella, y en su mirada notaba angustia y temor. Ese día la vi vulnerable; ahora su mirada no me dejaba precisar nada, porque sus ojos brillaban más que nunca, con ese brillo en el que puedes ver la luz de la vida. Me tomó de la mano y me llevó detrás de ella. Íbamos al paraíso, pensé.

Caminábamos a prisa, pero, aun así, no me perdí el deleite que me provocaba ver sus piernas torneadas que se restregaban entre ellas al caminar. Fantaseaba con sus nalgas rozagantes que se dejaban apreciar bajo un vestido, distinto al de aquella vez, ahora sin abrigo, y que nadie podría modelar mejor. Advertí que mi hombría se ensanchaba más que cualquier otro día al seguir a Sofía.

Me llevó a un cuartito de servicio; era como un vestidor. Entramos y solo se oyó un portazo, como el augurio de algo maquiavélico. Era un espacio tan reducido que apenas cabíamos de pie y, con tan solo estirar un poco el brazo, tocaba cualquiera de sus paredes más privadas. Encendió una bombilla eléctrica con tirar de una cadenita que estaba en el techo, pero apenas y alumbraba. Me miró a los ojos y me sonrió.

La tomé por las caderas y la acerqué aún más a mí. Se estremeció cuando palpó con sus manos delicadas el relieve que se formaba en mis pantalones. La toqué como un barbaján toca a una ramera por la cual ha pagado; mis manos frotaban sus generosos pechos y exaltados pezones.

Después, mis manos se fueron a sus pompas, apretándolas y sintiendo cómo mis palmas eran insuficientes para acaparar tan substanciosas posaderas. Llevé mi mano más educada a su entrepierna y, delicadamente, mis dedos llegaron a su punto más encendido. Delineaba un corazón en su mojada parte íntima.

La despojé de su vestido y se quitó su sostén; todo cayó al piso. Los botones de mi camisa se esparcieron por ahí, y la retirada de mi cinturón de cuero dejó caer el telón, para que la función de mi vida pudiera iniciar.

La levanté un poco de su cintura y entré en ella. Sentí cómo mi virilidad se fundía en una hoguera de pasión. Con dificultad pude hacerla mía hasta el último recóndito de su ser. Bajaba y subía con la vehemencia de una veinteañera sin recato, como una enamorada de verdad. Solo dejaba espacio para acentuados gemidos en el vaivén del amor hasta mojarlo todo.

Aún faltaba lo mejor. Dejé de besarla y le pedí que se girara. Dejamos de cruzar nuestras miradas y ahora yo solo veía detrás de su cuello. Me salí de ella por un momento, pero volví a entrar, como quien entra a un jardín en medio de la lluvia. Éramos solo ella y yo, y aquel placer que pensé era prohibido sentir.

Terminamos.

Salí de ella y salí de aquel cuartito, con mis ropas en las manos. Me vestí afuera y esperé a que ella lo hiciera en privacidad. No tenía mucho que ponerse encima, pero supuse que querría su espacio. Recordé que había dejado mi cámara en el restaurante, no estaba a más de dos minutos de donde estábamos ahora, pero no quería despegarme de mi amor cuentista. Decidí quedarme.

Mala elección. Ni siquiera vi venir a dos policías; mi mente estaba en otro lado, pero ellos ya estaban ahí.

—Nos reportaron un polizón y ya te encontramos —dijo uno de ellos.

—Deberán buscarlo bien, yo solo soy un periodista y, a decir verdad, no puedo ayudarlos.

Debí tener mi cámara conmigo; quizá hubiera sido creíble mi dicho, o quizá no hubiera cambiado en nada la situación. Todo se volvió oscuro.

Desperté tras unos barrotes y con un fuerte dolor de cabeza. Ni siquiera sabía por qué estaba ahí, pero sabía que ya había perdido otra vez a mi rubia, y de la misma forma. Eso lo supe antes de despertar, creo, en el piso de una celda de detención, fría y sucia. Volví a dormirme o quedar inconsciente, no lo sé.

—Pagaron su salida —se escuchó la voz del carcelero.

Me levanté enseguida, como si hubiera sido impulsado por un resorte. Ya no traía calzado. ¿Cómo alguien puede sentir el amor en su máximo esplendor y después perder hasta sus zapatos? No lo sé, pero me pasó.

En la comisaría no me dieron razón ni de mis zapatos ni de mi privación de libertad, ni siquiera de quién pagó para mi salida. Me echaron a patadas, preferible; no hubiera querido que me volviesen a detener por mis arrebatos contra la autoridad.

Les lancé una piedra que rompió uno de sus vidrios, grité maldiciones al aire y huí, tal y como debí hacerlo desde que llegué a ese país.

Me cansé de correr sin rumbo fijo; me tiré al suelo en una esquina cualquiera y comencé a llorar. Lloré como nunca más volvería a hacerlo, como un chiquillo. Me mecía los cabellos y seguía llorando; ya no sabía por qué lo hacía.

Me tiraron unas monedas; hubiera sido más amable recibirlas de mano, como un pago. Aun así, lo agradecí. Debí lucir muy mal para recibir caridad sin suplicarla, mientras una señora respingada y cucufata me señalaba con el dedo. Me quedé ahí, junto a mi cámara fotográfica de fuelle modelo Cartwright 5, de fabricación estadounidense Eastman Kodak Co, de madera, metal y cuero de 1890, inservible si se lo preguntan, cuando la lluvia me sorprendió, en esa esquina, en mi esquina.

Me hubiera encantado que mi historia en realidad fuera diferente, pero les mentiría. Yo era «El famoso loco de la cámara fotográfica, de la esquina del boulevard», al menos así lo decía el periódico que llevaba conmigo para cubrirme del sol, mientras simulaba tomar retratos a los paseantes por unas cuantas monedas. Sí, así es mi historia, quizá desde hacía más de diecinueve años, siete meses y veintiún días; y para ser sinceros, tal vez nunca viajé en un barco, ni siquiera conocía el mar, y nunca había salido de esta ciudad. Tal vez no le hice el amor a una mujer, como ningún hombre lo hubiera hecho jamás.

Quizá nunca seguí mis impulsos y apagué la chispa que algún día hubo en mí. Si hubiera podido elegir otra vez quién ser, sería de ella y solo para ella. Me habría atrevido a sentir esa oportunidad de amor; habría gastado mil noches a su lado desde que la conocí. Pero ya era tarde; en mi locura, ya solo quería que fuera mi estrella y vivir prendido a ella, sin tener que fabricar fantasías a mi alrededor.

Sirviendo mi lucidez momentánea, he de decir que los cuerdos me volvieron loco; todas las ataduras, prejuicios, miedos, remordimientos, estereotipos e hipocresía a mi alrededor. Nunca pude dejarlos en el camino. Habemos personas que no podemos convivir con la miseria del mundo. Desde hacía tiempo comencé a desconectar circuitos en mi cabeza, y para cuando me di cuenta, había pasado el límite permisible y ya no había vuelta atrás. Llevaba casi dos décadas sobreviviendo entre la imaginación y la locura. Era un vagabundo con un escaparate de la realidad como ventana.

Cuando las locuras de vida y amor no las cometes, el tiempo quizá nunca te las presente jamás. Vivir no es deambular en la vida por un camino recto y asfaltado, no es ser un espectador de una novela de otros, es ser el protagonista, de lo que tú quieras ser. Qué importa que te estrelles una y mil veces sin parachoques, en realidad no interesa, pero estréllate, anda, no lo pienses más, porque antes de que se nos apague la luz, debemos haber vivido algo mágico. No importa si estuvo mal, si apostaste todo y no ganaste, pero debe ser con pasión y, aunque lo dudes, también con un poco de locura, solo la necesaria para vivir de verdad, porque nadie debería partir sin recuerdos que te saquen una sonrisa, que te den brillo en los ojos, te sonrojen, te ericen los vellos del cuerpo y hagan estremecerte. Memorias que sean tu ancla a la realidad, tu luna resplandeciente o un faro en el horizonte. Nadie debería marcharse sin haberse jugado, sin dejarse llevar, sin sentir. Es así que nadie debería ver alejarse su sueño de amor.

Copa estrellada

No recordaba su nombre. Había venido a despertarme con su lengua cálidamente húmeda recorriendo mi oreja. Eran las diez de la mañana y había dormido en su casa, entre sus cobijas y osos de peluche. Ni siquiera le importó que recién me había conocido, suerte para mí, pero era hora de marcharme. Le hice una caricia, que me respondió moviendo su cola; sin duda, aquella labrador lucía mejor que yo.

Subí a mi convertible y saqué mis aviadores solares de la guantera; no toleraba la luz. Salí de aquella mansión, como sale alguien que no recuerda ni puta idea de lo sucedido el día anterior. No había estado mal, eso era de suponerse. Por fortuna, la Harley Davidson de la piscina no era mía, ni el tipo que durmió en la acera de enfrente había sido yo. Metí el acelerador a fondo y me fui sin despedirme; no había nadie despierto para hacerlo.

—¿A dónde me llevas? —me dijo un tipo que estaba acostado en el asiento trasero de mi coche debajo de una bolsa de dormir.

—Lo siento, no sabía que venías aquí.

Lo bajé cerca de un centro comercial. Ni siquiera platicamos las cuadras que, despierto, viajó conmigo. Llegué a mi departamento, ocupé un lugar de estacionamiento y medio paso cebra. No subí la capota de mi *muscle car*, ni bajé un par de botellas con alcohol que había transportado en el asiento del copiloto. Saludé al señor del *valet parking* del restaurante frente a mi edificio, y le arrojé la llave. Él ya sabía que debía estacionarlo, como muchas mañanas, de días indistintos.

Subí a mi *penthouse*, no interesa saber el nombre de la zona exclusiva donde vivía; podía haber sido de cualquier ciudad con área metropolitana de nuestro polarizado país. Había olvidado mi llave de entrada, tenía una réplica debajo de una maceta que estaba en el pórtico. Así entré a mi expectativa de hogar. Casi tropiezo con la realidad: había un sostén morado de encaje en el suelo. Terminé por chutarlo, casi anoto un gol de campo entre la lámpara y el perchero. No quise levantarlo. Me fui directo a mi *king size*, encendí la pantalla para cerciorarme de que no volvería a dormir con mis tatuajes en todos los programas de espectáculos; esta vez no fue así, pude dormir sin enojo.

Finalmente, una llamada me despertó. Era mi RP, un tipo astuto que parecía gustarle su trabajo. Quizá me robaba, como todos los de su clase, pero me hacía facturar cantidades de siete cifras. Además, no se metía con mis adicciones y excesos, en realidad con nada de mi vida; no le importaba como amigo, solo era para él un bulto con jeans, camiseta blanca y chamarra negra de cuero o sudadera con capucha, que vomitaba dólares cada vez que se subía a un escenario a cantar.

Estaba vomitando.

No alcancé a contestar. Vi la llamada perdida en la pantalla del iPhone y seguí vomitando. Seguramente los hielos tenían impurezas o el *whisky* no tenía mínimo 18 años de añejamiento. Intenté engañarme a mí mismo. Se acabó, no quedaba nada más dentro de mí. Apreté el botón del retrete y se fue todo, ese color rojo. Me lavé la boca, tallando cada diente y cada parte de mis mejillas internas y lengua, como quien fuera tallado en la espalda por su abuela al ser bañado de niño.

Le devolví la llamada.

—No te pude contestar, ¿qué pasó, Xavi? —le dije.

—No olvides que mañana tienes la entrevista con la reportera o escritora o lo que sea. Por favor, no te vuelvas a embriagar hoy y no tengas tu casa un desmadre. ¡Ah! Y que solo sea la entrevista, no confío en esa mujer.

Él era como mi agenda.

Ahora llamaron a la puerta; parecía que no podían dejar descansar a alguien a las seis de la tarde de un miércoles. Fui a abrir.

—¡Hola, Mike! Hoy por la noche habrá juego de *rummy* en mi casa. Pensé que podrías venir, mi esposa preparará *waffles* y *smoothies*.

Era lo más cercano a un amigo que tenía, y su familia el ejemplo más real de una vida «normal». Con un hijo mimado que quizá nunca tendría que preocuparse por los aspectos más básicos de la vida, y una esposa, Susan, quien no lucía satisfecha en la cama y quien quizá por eso vestía esas minifaldas y escotes tan distraídos, con un caminar contoneando las caderas. Pero no piensen mal, se desvivía nada más por su marido. Todo ese derroche de sensualidad era solo para mi casi amigo, aunque los demás, incluyendo a las damas y a mí, notáramos ese actuar. No sé si era el trabajo aburrido de él, o la monotonía tal vez, lo que le exprimía sus instintos y le opacaba su hombría. No estoy seguro, pero sí sé que eran buenas personas, demasiado buenas para mí.

—Gracias, vecino, tal vez sea la próxima ocasión —le dije sin sentirme apenado por rechazar por segunda ocasión en el mes una atenta invitación.

Se despidió con un fuerte apretón de mano y una impulsiva y espontánea palmada en mi espalda, de esas que seguramente dan los amigos de verdad. Cerré la puerta y casi enseguida entré a la ducha. Cantaba en la bañera, pero nunca mis canciones; también me desafinaba como cualquiera de ustedes. Me enjuagaba el dorso y veía mi panza, no sabía por qué muchas personas querían ser como yo o estar conmigo. Ni siquiera yo lo quería, pero ¿quién era yo para juzgar sus motivos, por variados que estos fueran?

Terminé de ducharme, salí con mi toalla de baño con un nudo por la cintura. Llevaba el cabello mojado y mi arracada con un poco de espuma de jabón. Podría parecer ese detalle de plata pura tan ochentero, pero no en mí, no en alguien que era tendencia, no en un individuo que habitualmente era *trending topic* por su vida fuera del escenario.

La música era mi vida: notas musicales, acordes de guitarra, rimas consonantes, coros femeninos y estribillos. Era lo visible, lo audible. Pero mi vida no solo se escribía en partituras con tinta china y permanecía en cuadernillos estáticos. Mi vida era un viaje constante con personas desconocidas a lugares a los que nunca más regresaría. Siempre estaba en movimiento, no había nada estable, nunca nada se quedaba igual; todo cambiaba, a veces más de lo que yo quería.

No me rasuré, ayer lo había hecho y hoy también lo hubiera repetido, si hubiera algo que afeitar. Rocié algo de Lacoste cerca del cuello antes de estornudar, y me puse los calzoncillos Gucci color negro que ya había dispuesto sobre la cama y unos *pants*. Me recliné hacia el placard; había tantos sin par, que tomé los primeros calcetines parecidos a mi alcance.

Decidí ir a la cocineta a prepararme un irlandés, hice como que lo tomé y me fui a la sala de estar. Abrí una grapa, no quería, pero ya no era yo el que gobernaba en mí, quizá ni esa blanca nieve, quizá ya nadie. Usé mi licencia de conducir para apuntalar las rayas continuas de mi carretera y sentí cómo mi nariz abría las compuertas de mi estado mental más álgido.

La experiencia era única. Mis sentidos se volvían casi perfectos, invulnerables; mi piel multiplicaba sus poros, mis vellos se erizaban sin tocarlos y mi mente se abría a otro universo. Si eso no era amor, entonces no lo conocía. Me elevaba y me abrazaba solo como ella sabía, dejándome una caricia cerca del corazón, como desde la primera vez, como desde siempre. Me arrebataba la respiración y me la devolvía antes de desfallecer.

Esa vivencia era casi indescriptible, solo pocas personas me entenderán. Ni siquiera antes de salir a un concierto ante miles de personas coreando mi nombre y aplaudiendo al unísono me sentía así, inquebrantable. Ni los flashes de sus celulares, ni sus camisetas con las portadas de mis álbumes o las letras de mis canciones me elevaban tan alto. Nunca un grito desaforado de una mujer en primera fila me fustigaba el corazón, al grado de querer galopar y echarme al vuelo de lo infinito.

Tomé las fichas de póker de mi cantina, caminé con ellas de nuevo hasta el sofá y las cuidé como si no quisiera que nadie las tocara, como un *crupier* que se aproxima a la mesa de juego. Las sentía muy mías. Hubiera jugado una partida de Texas Hold'em contra la fotografía de mi abuelo, pero la destellante luz lunera me hizo bailar con ella, y casi lo logró sin tropezar.

Se oyó otra vez que llamaron a la puerta. No debía abrir, pero mi cortesía lo hizo; el hijo de mi amigo había ido a llevarme *waffles*. Estando detrás de la puerta entreabierta, estiré mi brazo izquierdo y se los recibí. Seguro le di las gracias. Era una buena merienda la que me faltaba y varias las líneas que me sobraban, pero de mi sentido común ya quedaba poco. Se me fueron las horas, por suerte la vida no. Solo me quedó esa sensación de que nadie debe morir solo, en su apartamento, a las 11:55 de la noche.

Me soñé como un mariachi del Tenampa, perdido en medio de un Festival Cervantino. Soñé eso y más. Me abracé de la almohada para que no huyera de mí, como lo hacían todas las almohadas a las que yo hubiera querido tener conmigo. Hubiera querido ser mi almohada y que alguien se aferrara a mí, como yo lo hacía a ella. Hubiera querido ser ella para que alguien me regalara su aliento y su indefensión, sin esperar nada a cambio, sin esperar una promesa imposible de cumplir.

¿Han escuchado el despertador más desagradable del mundo?

Así era el mío, por una extraña razón nunca quería dormir después de las once de la mañana. Me daba pavor; no importaba a qué hora comenzara a dormir, a esa hora debía estar despierto o intentar estarlo. Por ello, siempre la misma chicharra sonaba quince minutos antes de mi amanecer. Pasé mucho frío aquella noche, lo recuerdo entre sueños.

Hablé para pedir comida rápida, con ese sazón tan neutral que no hace la diferencia en tu día, y continué en mi cama. Había amanecido algo cariñoso conmigo mismo. No encontré mis revistas *Playboy*, olvidé que las había donado a un vagabundo que siempre veía con sus libros vaqueros, y en mi afán de mejorarle su experiencia visual, ahora yo no sabía cómo empezar con lo mío. Pensé en qué imaginarían las mujeres antes de tocarse, pero ellas estaban en otro nivel. Me hubiera venido tan rápido si me hubiera visto en una de sus fantasías, que preferí dar paso a lo más trivial que piensa un hombre cuando se hace un cariño así, y lo diría, pero todos lo sabemos y ellas no necesitan conocerlo.

Minutos antes y me hubieran interrumpido. Sonó el timbre. ¡Vaya! Alguien sabía para qué era ese botoncito a un lado del marco de la puerta. Me puse unos *pants* y con cartera en mano fui por mi desayuno, orgulloso como cualquiera que terminó de cocinar y está a punto de degustar sus alimentos.

Había llegado la repartidora, o la que hacía las veces de esta: piel blanca, cabello morado, rosa o lo que fuera, de una rara tribu urbana tal vez, de media estatura, gorra color azul, playera tipo polo amarilla y pantalón *beige*. Si tenía más de veinte años, habría fallado mi cálculo.

Me entregó mi comida y yo su dinero. Nunca esperaba cambio. Cuando por fin la vi frente a mí y no detrás de la mirilla, sentí ese aire fresco que solo expiden las chiquillas como ella, sin preocupaciones. Posiblemente era universitaria, pero se concentraba en solo parecer una repartidora audaz.

La despedí con una sonrisa obligada, que me contestó con una de la misma calidad, y se fue.

Apenas y probé bocado, reposé lo poco comido en el balcón, y apoyando una servilleta en el filo de la cornisa escribí con mi mano diestra unas líneas. Después, la doblé y la hice un avión. La vi volar hasta que olvidé que lo hacía. Hice un poco de escaladora, pensando que hubiera sido mejor haber ido por una cerveza y con la caminata de regreso hubiera bastado. Me reconforté pensando que mañana lo haría. Seguí escalando.

Después del intento de ejercicio, decidí no pedir ayuda y comencé a limpiar mi residencia solo. No había mucho por hacer: ordenar esto, recoger aquello, acomodar lo de acá, aspirar por aquí. Terminé pronto y opté por irme a la alberca de la terraza. Ni siquiera prendí el calentador y preferí sentir ese choque de agua fría que te recorre todo el cuerpo y se agolpa en el pecho antes de la siguiente respiración.

Me alisté para recibir a la reportera, ya eran casi las nueve de la noche. Me encontraba fresco y sin desvelo. Puse algo de música, y descorché una botella de *champagne*, dejando derramar estrellas burbujeantes en la mesa. La envolví en una toalla y la coloqué dentro de una hielera con hielos y sal. Me quedé observando por la ventana, la selva de asfalto y sus ríos de autos que surcaban los edificios de esta gran ciudad.

Escuché unos tacones y me dirigí a la puerta. Ya saben quién era: la reportera, sí, la que, como reloj suizo y puntualidad inglesa, estaba frente a mi entrada a la hora estipulada. Pelirroja, y está por demás decir que natural, de pecas en las mejillas y ojos avispados. Nos saludamos educadamente y la hice pasar. Tomó su lugar en el sillón individual y solo me aceptó una copa con agua mineral.

Ella conocía casi todo de mí; seguía mi carrera y vida desde muchos años atrás, desde cerca. Era la primera entrevista que le concedía en lo particular, y era lo último que ella necesitaba antes de pulir su libro, mi biografía no autorizada. Creía que si hablaba con ella antes de la salida del libro, podría borrar ciertos pasajes bochornosos de mi vida. Era una periodista que se iba a graduar en su mundillo a costa de mi fama.

—Y bien, ¿qué te falta por saber de mí? —fui directo desde un principio.

—En realidad, solo he venido a mostrarte la primera copia del libro, antes de que la gente lo encuentre en su librería favorita el día de mañana. Pensé que sería un buen detalle de mi parte —me dijo sonriendo.

Supuse que era una broma, pero cuando vi su mano escurridiza sacar de su bolso Dolce & Gabbana color salmón un libro titulado *Una copa vacía de fama*, supe que hablaba en serio. Había un montón de palabras en el reverso del libro que no alcancé a dilucidar, pero vaya que aprecié bien esa portada: sombría, lisa, con uno de mis tatuajes lleno de polvo blanco, una copa rota y una estrofa de mi mejor canción. Lo colocó sobre la mesa de centro.

Recordé la frase favorita de mi primo Rulo: «Solo hay dos tipos de mujeres: las cabronas y las que vuelan, y hasta el día de hoy, no he visto a ninguna con alas». Pero, ¿qué le había hecho yo a esta damita para que viniera con ese diminuto vestido y sus tacones *stiletto* a perturbarme?

Cruzó la pierna y por poco alcanzo a ver su vedetina de encaje color negro, del mismo color que su vestido, que contrastaba con su piel rojiza y su cuello sin ningún adorno que distrajera mi atención. Yo solo estaba ahí, sentado, estoico, sin parpadear, llevando mi vista de su figura al libro y de vuelta a ella.

Se llevó un mentolado, quizá con cápsula de durazno en el filtro, a sus labios carmín. Me aproximé a ella con mi S.T. Dupont y prendí su cigarro.

—¿Acabarás con mi carrera? —le cuestioné.

—Solo si tú me concedes el privilegio —me contestó y volvió a sonreír.

Dejé de entender lo que sucedía. Ya no era dueño del momento, pese a que estuviera en mi casa; en realidad, nunca tuve control de nada. No estaba drogado, pero quería estarlo. ¿Acaso se podía agregar una hoja a un libro terminado y evidenciarme una vez más, o tal vez salvarme? Lo dudo. Si en ese libro se leía al menos la mitad de lo que pensaba tenía pruebas, no sé quién me encontraría primero, pero esperaría que fuera la policía.

Agarré la otra copa que se encontraba en la mesa y fui por agua del grifo. Caminé despacio para pensar, aún no discernía qué quería aquella mujer en mi casa. ¿Acaso había venido a extorsionarme? O, ¿venía a vengarse por algo? El hecho de imaginar qué le hubiera podido hacer yo a la periodista me daba pavor y hacía que se me revolviera el estómago, en espera de un ataque de la misma proporción.

Si hubiera tenido una cruz en casa, hubiera pedido ayuda divina, aunque no hubiera sido lo correcto, porque alguien que relega su religión no merece buscar su amparo; ese era mi caso. Entonces, debía confiar en mí, pero hacía mucho que ya me había perdido la fe. Estaba en sus manos, de ella, expuesto, esperando una señal que indicara que todo estaría bien.

De regreso, me senté en el sillón de tres plazas frente a ella. Observé que se había quitado los tacones y las plantas de sus pies también eran rojitas. Advertí que todo el tiempo me había estado hablando, desde que fui por mi agua, pero apenas comencé a escucharla.

—Dicen que nadie muere sin haber conocido a una pelirroja.

Al tiempo que terminaba su frase, puso siete pastillas sobre el libro. Eran de diferentes colores y se podían ver diferentes símbolos en ellas; parecían divertidas, claro, si me las hubieran dado en una fiesta y no aquí, y no ella.

—Jugaremos, quien pierda tendrá que dedicarle el libro al otro y, por supuesto, se quedará con su copa rota —me lo dijo mientras se tomaba del cuello casi involuntariamente.

Dijo que solo teníamos dos horas y que el juego sería alternado entre pastilla y pregunta. Terminó de hablarme diciendo:

—Te aseguro que el vencido también ganará.

¿Qué hubieran hecho ustedes? Y me refiero a ustedes siendo yo, porque yo era el que estaba en esa realidad. Nunca digan «yo, en esa situación haría…» eso es lo más estúpido y egoísta que pueden decir, porque no comparten el sentimiento y la vibración de la piel del otro. Así que, si realmente se pusieran en mi lugar, sabrían que no tenía elección, que mi vida siempre transcurrió sobrepasando los límites, desafiando la lógica; ese era yo. Decidí descalzarme.

—Adelante, escoges tú.

Tomé la pastilla cian, que tenía una ventana, y la coloqué debajo de mi lengua, como ella me dijo que había que hacerlo. Me puse de pie y, tapando los ojos de la periodista, le dije que tomara la suya. Tomó dos, pero terminó llevándose a la boca la de color amarillo, que tenía un ojo observando. Me recliné sobre ella, por su espalda, y mi mentón rozó su hombro derecho.

—Mi pregunta es: ¿a qué demonios viniste realmente?

No me contestó. Se giró y nos quedamos frente a frente por algunos segundos, sin decirnos nada.

En ese instante, con sus brazos formando una especie de equis, tomó su vestido corto de donde iniciaba y se despojó de él. Yo me quité el short que vestía ese día junto con mi calzoncillo en un solo movimiento y la recosté sobre la alfombra. Le abrí las piernas de par en par y, mostrándome la fuente de la vida, mojada con pequeños vellos de tonalidad clara, la cogí por la cintura y con fuerza entré en ella, hasta el fondo.

Lo resintió, se estremeció y sentí que se fue de ahí por un momento, pero me atrapó, me jaló del cabello y me sollozó:

—Tú sabes a qué vine, lo que no sabes es si podrás verme partir.

Casi no nos movimos, permanecimos en el tiempo, detenidos en la eternidad, y así concluimos. Eran tantas las sensaciones al estar unidos que no hubo necesidad de más. Ojalá pudiera describirles mejor cómo pasó para que también lo pudieran sentir. Me incorporé y la ayudé a que también lo hiciera.

Le serví más agua mineral y me serví más agua pura. Otra vez era mi turno. Elegí la pastilla magenta, que tenía lo que parecía ser un monociclo; la puse debajo de mi lengua y volví a sentir esa explosión sensorial. Ella, llevándose una mano a sus ojos, tomó con su lengua otra pastilla, creo que era la de color negro con tres puntos en forma vertical.

Ella nunca quiso preguntar. Era la hora de saltar. Nos fuimos a la cama, brincamos como conejos, tocábamos el techo con la yema de nuestros dedos. Ella, desnuda; yo, aún con una calceta mientras prendía y apagaba la luz, y ella cambiaba sin parar la música ambiental.

—Nunca habías conocido a alguien como yo, ¿cierto? —le hice mi pregunta, que me había guardado, mientras se suspendían en el aire las plumas de una funda de almohada descocida.

Dejó de brincar y se sentó sobre la cama, haciendo una pose de meditación propia del yoga, tocándose las plantas de sus pies entre sí y con su espalda recta, codos pegados a sus costados, palmas de las manos hacia arriba y cabeza levantada. Me dijo:

—Ni lo conoceré, de eso puedes estar seguro —mientras le caían las últimas plumas blancas en su frente y pechos.

Nos fuimos nuevamente a la sala. Solo quedaban tres pastillas y 40 minutos en el cronómetro de su *smartphone*, que había dejado funcionando de manera regresiva hace dos horas cuando todo esto comenzó a pasar. Antes de que me acercara por mi pastilla, vi que sacó una pluma Mont Blanc y la puso junto al libro. Tomé mi pastilla morada; esa tenía una flecha que en ese momento apuntaba hacia mi lengua, y me la llevé justo ahí.

Pasaron unos minutos. Nos besamos. Con nuestras bocas incansables, que han andado por ahí buscando lo que no hay en nadie más, nos encontramos.

—Es un beso de despedida —me dijo.

Hizo trampa. Ya no tomó ninguna pastilla ni esperó alguna pregunta mía; a cambio, sacó de su bolso una jeringa y un frasquito con líquido blancuzco y se inyectó en la pierna. Y es ahí cuando el juego acabó. Me perdió. Ya no sentía superpoderes, yo no había recibido ningún antídoto. Sentí cómo mi cabeza estaba a un ápice de estallar, me sangraba la nariz; el juego lo había ganado ella, como se esperaba.

Tiré de la cortina gris del ventanal más grande. Tenía frío; tirado en el piso, me cubrí medio cuerpo. Tenía miedo, mucho miedo. Ella, riéndose y sin verme a los ojos, me acercó el libro y la pluma. Traté de reclinarme para descansar mi espalda en la pared de junto. Tomé la pluma y abrí el libro en la primera hoja, en esa que está a menudo sin tener nada escrito, pero siempre debe estar ahí.

Autografié mi libro. Era mi mejor epitafio. Ella me acercó la copa con un tercio de *champagne* y sentenció:

—El final del libro es el final de tu historia; caíste como caen las hojas en otoño, sin aferrarse a la vida, aceptando tu destino y aceptando tu partida.

Ella sabía que si arruinaba mi fama, mi vida no valdría un céntimo. Me conocía bien. Quizá en el trayecto se enamoró de mí, se obsesionó de tal forma que dejó de vivir su vida, y su pasatiempo favorito era ahogarse con la mía. Llegó a un punto donde supo que tenía en sus manos la vida de un gran canalla, y que toda esa mierda detrás del ídolo debía salir a la luz pública, no importando que me dejara a mí como un sujeto más que cuestionable. Me conocía tan bien que vino a hacerlo todo más sencillo; ella solo vino a desahuciarme.

Se vistió, se dio media vuelta y se fue, aventándome un beso que pude esquivar, que chocó justo en una lámpara de la sala. Alcancé mis lentes de sol; siempre había dicho que moriría con unos puestos. Tomé la bolsita de polvo que tenía en un recoveco cerca de la ventana. Al aspirarlo, derramé medio contenido en mi pecho, sobre un tatuaje. Pude agarrar mi *cel* que estaba en el esquinero, pero me di cuenta de que no tenía a quién llamar, no tenía de quién despedirme. Eso me entristeció aún más. Quise llorar, pero no había lágrimas en mí. Marqué un número al azar, rogando que me contestara Dios, pero en su lugar contestó un niño.

Me dijo que colgaría si no le hablaba pronto. No podía hablar. Me esforcé; quería suplicarle que me dijera que todo estaría bien, quería una voz que me acompañara en mi destino final. Comencé a ver lo que todos dicen que miran cuando van a morir: ya veía la luz, aunque era pequeña, más bien un puntito centrado en un profundo y oscuro agujero. Esa era mi luz.

Me sentí desgraciado, yo no había tenido ocasión de redimirme. Mucha gente toca fondo y sale avante; yo no había tenido una chance de empezar de cero. Nadie me concedió una segunda oportunidad; mi camino no tenía retornos. Había andado por la vida en un carril delimitado con doble línea amarilla y del otro lado veía gente feliz, con bienestar, mientras yo viajaba en sentido contrario y solo. Seguro Dios se había bajado de mi auto cuando aceleraba en otra dirección, rebasando los límites de velocidad y la moral.

Bebí el *champagne* de un solo trago y estrellé la copa contra la pared, vertiendo sobre la alfombra las pocas burbujas con estrellas que quedaban. Puse mi mejilla izquierda junto a un cristal cortante y tomé con mis manos el libro de la mesa, levantándolo al cielo, con mis ojos detrás de los cristales polarizados y a unos cuantos centímetros de mi cara. Pude leer las últimas líneas.

Es así, como un alma aventurera se esfuma sin decir adiós, se va un espíritu libertino, dejando como legado su música y el libro que le escribí, hoy fenece su cuerpo y nace el héroe de quimera, sus canciones serán himnos de personas sin vocación, se ha ido para no volver y en verdad perdóname mi amor, pero ya estaba escrito, en definitiva, así tenía que ser...

Lecturas recomendadas

Relatos y cuentos de Rumincho (Roberto Aliaga Sánchez)

De la alegría, el amor y otras sazones de la vida
(Armando Cañedo Sepúlveda)

El mundo a través de cuentos (Arlis Milan Mosquera)

www.ingramcontent.com/pod-product-compliance
Lightning Source LLC
LaVergne TN
LVHW051507170726
843492LV00002B/841